瑞蘭國際

還來得及！

新日檢 N5 文字 語彙

考前7天衝刺班

元氣日語編輯小組　編著

關鍵考前1週，用單字決勝吧！

　　從舊日檢4級到新日檢N1～N5，雖然題型題數都有變革，但基本要求的核心能力從未改變，就是「活用日語聽、說、讀、寫」的能力，而這四大能力的基礎，就是單字。不論是語意、單字用法，或是漢字的寫法、讀音等等，備齊了足夠的字彙量，就像練好基本功，不僅能提升「言語知識」單科的成績，也才能領會「讀解」的考題、聽懂「聽解」的問題。

　　「文字‧語彙」屬於「言語知識」一科，除了要了解單字的意義、判斷用法之外，更要熟記並分辨漢字語的讀音。對處在漢字文化圈的我們而言，雖然可以從漢字大致判斷語意或音讀，但也容易因此混淆了「長音」、「促音」、「濁音」的有無，而訓讀的漢字音也因為與平常發音相差甚遠，必須特別留意。

　　準備考試是長期抗戰，除了平常累積實力之外，越接近考期，越是要講求讀書效率，這時需要的是求精而不貪多，確認自己的程度，針對還不熟的地方加強複習。

　　如果你已經準備許久、蓄勢待發，請利用這本書在考前做最後的檢視，一方面保持顛峰實力，一方面發掘自己還不夠熟練的盲點，再做補強。

倘若你覺得準備還不夠充分，請不要輕言放棄，掌握考前7天努力衝刺，把每回練習與解析出現的文字語彙認真熟記，用最有效率的方式，讓學習一次就到位，照樣交出漂亮的成績。

　　本書根據日本國際教育支援協會、日本國際交流基金會所公布新日檢出題範圍，由長期教授日文、研究日語檢定的作者群執筆編寫。1天1回測驗，立即解析，再背誦出題頻率最高的分類單字，讓「學習」與「演練」完整搭配。有你的努力不懈、加上瑞蘭國際出版的專業輔導，就是新日檢的合格證書。

　　考前7天，讓我們一起加油吧！

元氣日語編輯小組

戰勝新日檢，掌握日語關鍵能力

元氣日語編輯小組

日本語能力測驗（日本語能力試験）是由「日本國際教育支援協會」及「日本國際交流基金會」，在日本及世界各地為日語學習者測試其日語能力的測驗。自1984年開辦，迄今超過20多年，每年報考人數節節升高，是世界上規模最大、也最具公信力的日語考試。

新日檢是什麼？

近年來，除了一般學習日語的學生之外，更有許多社會人士，為了在日本生活、就業、工作晉升等各種不同理由，參加日本語能力測驗。同時，日本語能力測驗實行20多年來，語言教育學、測驗理論等的變遷，漸有改革提案及建言。在許多專家的縝密研擬之下，自2010年起實施新制日本語能力測驗（以下簡稱新日檢），滿足各層面的日語檢定需求。

除了日語相關知識之外，新日檢更重視「活用日語」的能力，因此特別在題目中加重溝通能力的測驗。同時，新日檢也由原本的4級制（1級、2級、3級、4級）改為5級制（N1、N2、N3、N4、N5），新制的「N」除了代表「日語（Nihongo）」，也代表「新（New）」。新舊制級別對照如下表所示：

新日檢N1	比舊制1級的程度略高
新日檢N2	近似舊制2級的程度
新日檢N3	介於舊制2級與3級之間的程度
新日檢N4	近似舊制3級的程度
新日檢N5	近似舊制4級的程度

新日檢N5的目的是什麼？

　　新日檢N5的考試科目，分為「言語知識（文字・語彙）」、「言語知識（文法）・讀解」與「聽解」三科考試，計分則為「言語知識（文字・語彙・文法）・讀解」120分，「聽解」60分，總分180分，更設立各科基本分數標準，也就是總分須通過合格分數（＝通過標準）之外，各科也須達到一定成績（＝通過門檻），才能獲發合格證書，如果總分達到合格分數，但有一科成績未達到通過門檻，亦不算是合格。各級之總分通過標準及各分科成績通過門檻請見下表。

N5總分通過標準及各分科成績通過門檻			
總分通過標準	得分範圍		0~180
	通過標準		80
分科成績通過門檻	言語知識（文字・語彙・文法）・讀解	得分範圍	0~120
		通過門檻	38
	聽解	得分範圍	0~60
		通過門檻	19

　　從上表得知，考生必須總分超過80分，同時「言語知識（文字・語彙・文法）・讀解」不得低於38分、「聽解」不得低於19分，方能取得N5合格證書。

另外，根據新發表的內容，新日檢N5合格的目標，是希望考生能完全理解基礎日語。

新日檢程度標準		
新日檢N5	閱讀（讀解）	·理解日常生活中以平假名、片假名或是漢字等書寫的語句或文章。
	聽力（聽解）	·在教室、身邊環境等日常生活中會遇到的場合下，透過慢速、簡短的對話，即能聽取必要的資訊。

新日檢N5的考題有什麼？

考試科目（時間）			題型		
			大題	內容	題數
25分鐘 言語知識（文字·語彙）	文字·語彙	1	漢字讀音	選擇漢字的讀音	12
		2	表記	選擇適當的漢字	8
		3	文脈規定	根據句子選擇正確的單字意思	10
		4	近義詞	選擇與題目意思最接近的單字	5
50分鐘 言語知識（文法）·讀解	文法	1	文法1（判斷文法形式）	選擇正確句型	16
		2	文法2（組合文句）	句子重組（排序）	5
		3	文章文法	文章中的填空（克漏字），根據文脈，選出適當的語彙或句型	5

考試科目 （時間）			題型		
			大題	內容	題數
言語知識（文法）・讀解	讀解	4	內容理解 （短文）	閱讀題目（包含學習、生活、工作等各式話題，約80字的文章），測驗是否理解其內容	3
		5	內容理解 （中文）	閱讀題目（日常話題、場合等題材，約250字的文章），測驗是否理解其因果關係或關鍵字	2
		6	資訊檢索	閱讀題目（廣告、傳單等，約250字），測驗是否能找出必要的資訊	1
30分鐘	聽解	1	課題理解	聽取具體的資訊，選擇適當的答案，測驗是否理解接下來該做的動作	7
		2	重點理解	先提示問題，再聽取內容並選擇正確的答案，測驗是否能掌握對話的重點	6
		3	說話表現	邊看圖邊聽說明，選擇適當的話語	5
		4	即時應答	聽取單方提問或會話，選擇適當的回答	6

　　其他關於新日檢的各項改革資訊，可逕查閱「日本語能力試驗」官方網站http://www.jlpt.jp/。

台灣地區新日檢相關考試訊息

測驗日期：每年七月及十二月第一個星期日

測驗級數及時間：N1、N3在下午舉行；N2、N4、N5在上午舉行

測驗地點：台北、台中、高雄

報名時間：第一回約於四月初，第二回約於九月初

實施機構：財團法人語言訓練測驗中心（02）2365-5050

　　　　　http://www.lttc.ntu.edu.tw/JLPT.htm

如何使用本書

即使考試迫在眉睫，把握最後關鍵7天，一樣能輕鬆通過新日檢！

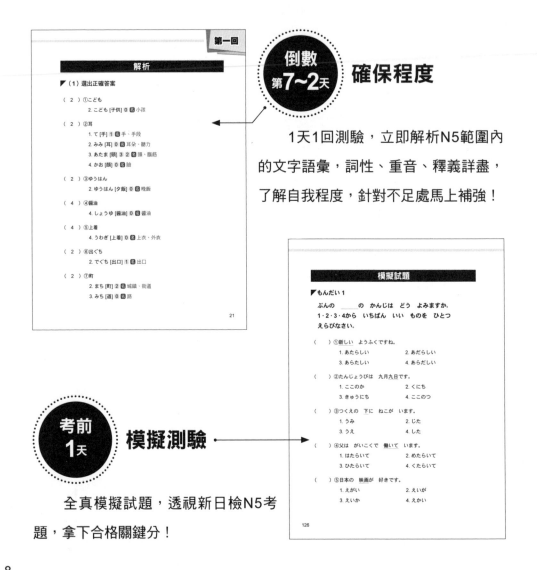

倒數
第7~2天
確保程度

1天1回測驗，立即解析N5範圍內的文字語彙，詞性、重音、釋義詳盡，了解自我程度，針對不足處馬上補強！

考前
1天
模擬測驗

全真模擬試題，透視新日檢N5考題，拿下合格關鍵分！

考前**7**天 把這些重要的**動詞**都記起來吧！

◆あう [会う] 1 自動 見面
◆あく [開く] 0 自動 （門）開
◆あける [開ける] 0 他動 打開
◆あびる [浴びる] 0 他動 淋浴
◆あらう [洗う] 0 他動 洗
◆ある [在る] 1 自動 （存）在
◆ある [有る] 1 自動 （擁）有
◆あるく [歩く] 2 自動 走路
◆いう [言う] 0 他動 說、稱為～
◆いる [居る] 0 自動 （有生命的）在、有
◆いる [要る] 0 自動 需要
◆いれる [入れる] 0 他動 打開（電源）、裝入、泡（茶）
◆うる [売る] 0 他動 賣
◆おきる [起きる] 2 自動 起床
◆おしえる [教える] 0 他動 教導
◆おす [押す] 0 他動 壓、推
◆おぼえる [覚える] 3 他動 記住
◆およぐ [泳ぐ] 2 自動 游泳
◆おりる [降りる] 2 自動 下
◆おわる [終わる] 0 自動 結束

◆かえす [返す] 1 他動 返還
◆かかる 2 自動 花費
◆かける [掛ける] 2 他動 打（電話）、戴
◆かす [貸す] 0 他動 借出
◆かりる [借りる] 0 他動 借入
◆きえる [消える] 0 自動 消失、熄滅
◆きる [着る] 0 他動 穿
◆くもる [曇る] 2 自動 陰
◆けす [消す] 0 他動 （電器類）關
◆こまる [困る] 2 自動 困擾
◆しぬ [死ぬ] 0 自動 死
◆しまる [閉まる] 2 自動 （門）關
◆しめる [閉める] 2 他動 關閉（門窗）
◆しめる [締める] 2 他動 繫綁
◆すう [吸う] 0 他動 吸
◆すむ [住む] 1 自動 住
◆する 0 他動 做
◆すわる [座る] 0 他動 坐

30

PLUS!!

考前**7**天 必背單字

　　除了解析出現過的單字，還依詞性分類，精選出題頻率最高的單字，完整擴充單字量。每天寫完測驗題後立即背誦，分秒必爭，學習滿分！

本書略語一覽表			
名	名詞	イ形	イ形容詞（形容詞）
副	副詞	ナ形	ナ形容詞（形容動詞）
副助	副助詞	接續	接續詞
他動	他動詞	疑	疑問詞
自動	自動詞	連體	連體詞
0 1 2 …	重音（語調）標示		

9

目　錄

考前衝刺

第一回

▶ 試題

▶ 解答

▶ 解析

▶ 考前7天
把這些重要的動詞都記起來吧！

▶ (1) 選出正確答案

( ) ①こども

      1. 干ども   2. 子ども   3. 児ども   4. 小ども

( ) ②耳

      1. て   2. みみ   3. あたま   4. かお

( ) ③ゆうはん

      1. 朝はん   2. 夕はん   3. 昼はん   4. 晩はん

( ) ④醤油

      1. しょうにゅ 2. しょうゆう 3. しょゆう   4. しょうゆ

( ) ⑤上着

      1. うえぎ   2. うえちゃく 3. うわちゃく 4. うわぎ

( ) ⑥出ぐち

      1. だぐち   2. でぐち   3. てぐち   4. きぐち

( ) ⑦町

      1. みら   2. まち   3. みち   4. みじ

( ) ⑧下

      1. うえ   2. した   3. まえ   4. なか

( ) ⑨ちず

      1. 地根   2. 地歩   3. 地図   4. 地面

（　　　）⑩てんき

　　　1. 天気　　　2. 電気　　　3. 意気　　　4. 心気

（　　　）⑪しごと

　　　1. 仕事　　　2. 仕途　　　3. 仕命　　　4. 仕法

（　　　）⑫でんわ

　　　1. 電車　　　2. 電池　　　3. 電話　　　4. 電気

（　　　）⑬学校

　　　1. がっこう　2. だいがく　3. がこう　　4. こうこう

（　　　）⑭本

　　　1. まん　　　2. はん　　　3. ほん　　　4. ろん

（　　　）⑮ふたり

　　　1. 一人　　　2. 二人　　　3. 三人　　　4. 四人

（　　　）⑯きんようび

　　　1. 水曜日　　2. 土曜日　　3. 金曜日　　4. 木曜日

（　　　）⑰二か月

　　　1. にかげつ　2. にかつき　3. にかづき　4. にかがつ

（　　　）⑱痛い

　　　1. いだい　　2. いたい　　3. えたい　　4. きたい

（　　　）⑲しろい

　　　1. 赤い　　　2. 黒い　　　3. 白い　　　4. 黄色い

（　　）⑳嫌

1. きらい　2. きたない　3. わるい　4. いや

（　　）㉑丁度

1. じょうど　2. ちょっと　3. ちょうど　4. じょっと

（　　）㉒話す

1. かえす　2. まぶす　3. はなす　4. くだす

（　　）㉓みる

1. 見る　2. 有る　3. 居る　4. 入る

（　　）㉔くる

1. 行る　2. 来る　3. 帰る　4. 走る

◤（2）填入正確單字

（　　）①わたしの　かぞくは　＿＿＿と　わたしです。

1. がいこくじん　2. がくせい

3. いしゃ　4. りょうしん

（　　）②がいこくの　がくせいは　＿＿＿です。

1. せいと　2. がいこくじん

3. りゅうがくせい　4. せんせい

（　　）③のみものは　＿＿＿と　こうちゃが　あります。

1. コーヒ　2. コーヒー

3. コヒー　4. コヒ

（　　）④カレーライスを ＿＿＿で　たべます。

    1. スプーン　　　　　　　　2. フォーク

    3. ナイフ　　　　　　　　　4. はいざら

（　　）⑤アジアじんの　かみの　いろは ＿＿＿です。

    1. あか　　　　　　　　　　2. あお

    3. みどり　　　　　　　　　4. くろ

（　　）⑥＿＿＿で　きってと　ふうとうを　かいます。

    1. ぎんこう　　　　　　　　2. やおや

    3. こうばん　　　　　　　　4. ゆうびんきょく

（　　）⑦＿＿＿を　わたって　ください。

    1. えき　　　　　　　　　　2. おてあらい

    3. いえ　　　　　　　　　　4. こうさてん

（　　）⑧なつの　＿＿＿は　ひとが　いっぱいです。

    1. プール　　　　　　　　　2. プル

    3. ブルー　　　　　　　　　4. ブール

（　　）⑨まいあさ　＿＿＿を　よみます。

    1. ラジオ　　　　　　　　　2. テレビ

    3. えいが　　　　　　　　　4. しんぶん

（　　）⑩かわの　なかに　＿＿＿が　います。

    1. ねこ　　　　　　　　　　2. さかな

    3. いぬ　　　　　　　　　　4. とり

（　　）⑪でかけるまえに ＿＿＿＿を　かけて　ください。

    1. マッチ　　　　　　　　　　2. せっけん

    3. きっぷ　　　　　　　　　　4. かぎ

（　　）⑫ゆうびんきょくで ＿＿＿＿を　かいます。

    1. ふく　　　　　　　　　　　2. きって

    3. やさい　　　　　　　　　　4. ほん

（　　）⑬＿＿＿＿が　ありますから、よるまで　べんきょうします。

    1. ペット　　　　　　　　　　2. グラス

    3. デパート　　　　　　　　　4. テスト

（　　）⑭＿＿＿＿　＋　さん　＝　なな

    1. おん　　　　　　　　　　　2. じん

    3. しん　　　　　　　　　　　4. よん

（　　）⑮ほんだなに　ほんを ＿＿＿＿　おきます。

    1. ひとり　　　　　　　　　　2. よんさつ

    3. にはい　　　　　　　　　　4. さんぼん

（　　）⑯＿＿＿＿は　にちようびで、きょうは　げつようびです。

    1. あさって　　　　　　　　　2. おととい

    3. あした　　　　　　　　　　4. きのう

（　　）⑰にほんの　カメラは ＿＿＿＿です。

    1. あつい　　　　　　　　　　2. ひろい

    3. くらい　　　　　　　　　　4. たかい

（　　　）⑱ひこうきは　でんしゃより　＿＿＿＿です。

    1. ひくい　　　　　　　　　　2. よわい

    3. はやい　　　　　　　　　　4. きたない

（　　　）⑲おにいさんは　けいかんで、とても　＿＿＿＿な　ひとです。

    1. ほんとう　　　　　　　　　2. りっぱ

    3. おなじ　　　　　　　　　　4. べんり

（　　　）⑳＿＿＿＿　どこで　しょくじを　しますか。

    1. とても　　　　　　　　　　2. もっと

    3. すこし　　　　　　　　　　4. いつも

（　　　）㉑トイレは　＿＿＿＿　いって、みぎがわです。

    1. もう　　　　　　　　　　　2. まっすぐ

    3. そう　　　　　　　　　　　4. たぶん

（　　　）㉒A：おうちは　どこですか。

    B：あそこの　にかいに　＿＿＿＿　います。

    1. ないて　　　　　　　　　　2. さいて

    3. すんで　　　　　　　　　　4. かかって

（　　　）㉓つぎの　えきで　＿＿＿＿、まっすぐに　あるきなさい。

    1. おりて　　　　　　　　　　2. ねて

    3. はれて　　　　　　　　　　4. つかれて

（　　　）㉔A：＿＿＿＿　えいがが　すきですか。

    B：おもしろい　えいがが　すきです。

    1. どんな　　　　　　　　　　2. どの

    3. どっち　　　　　　　　　　4. どこ

解答

▶（1）選出正確答案

① 2	② 2	③ 2	④ 4	⑤ 4	⑥ 2
⑦ 2	⑧ 2	⑨ 3	⑩ 1	⑪ 1	⑫ 3
⑬ 1	⑭ 3	⑮ 2	⑯ 3	⑰ 1	⑱ 2
⑲ 3	⑳ 4	㉑ 3	㉒ 3	㉓ 1	㉔ 2

▶（2）填入正確單字

① 4	② 3	③ 2	④ 1	⑤ 4	⑥ 4
⑦ 4	⑧ 1	⑨ 4	⑩ 2	⑪ 4	⑫ 2
⑬ 4	⑭ 4	⑮ 2	⑯ 4	⑰ 4	⑱ 3
⑲ 2	⑳ 4	㉑ 2	㉒ 3	㉓ 1	㉔ 1

解析

▓（1）選出正確答案

（ 2 ）①こども

    2. こども [子供] 0 名 小孩

（ 2 ）②耳

    1. て [手] 1 名 手、手段

    2. みみ [耳] 0 名 耳朵、聽力

    3. あたま [頭] 3 2 名 頭、腦筋

    4. かお [顔] 0 名 臉

（ 2 ）③ゆうはん

    2. ゆうはん [夕飯] 0 名 晚飯

（ 4 ）④醤油

    4. しょうゆ [醤油] 0 名 醬油

（ 4 ）⑤上着

    4. うわぎ [上着] 0 名 上衣、外衣

（ 2 ）⑥出ぐち

    2. でぐち [出口] 1 名 出口

（ 2 ）⑦町

    2. まち [町] 2 名 城鎮、街道

    3. みち [道] 0 名 路

（ 2 ）⑧下

     1. うえ [上] ② 名 上

     2. した [下] ② 名 下

     3. まえ [前] ① 名 前面

     4. なか [中] ① 名 裡面

（ 3 ）⑨ちず

     3. ちず [地図] ① 名 地圖

（ 1 ）⑩てんき

     1. てんき [天気] ① 名 天氣

     2. でんき [電気] ① 名 電燈

（ 1 ）⑪しごと

     1. しごと [仕事] ⓪ 名 工作

（ 3 ）⑫でんわ

     1. でんしゃ [電車] ⓪ ① 名 電車

     3. でんわ [電話] ⓪ 名 電話

     4. でんき [電気] ① 名 電燈

（ 1 ）⑬学校

     1. がっこう [学校] ⓪ 名 學校

     2. だいがく [大学] ⓪ 名 大學

（ 3 ）⑭本

     1. まん [万] ① 名 萬

     2. はん [半] ① 名 半小時

3. ほん [本] 1 名 書

3. 〜ほん / ぽん / ぼん [〜本] 名 （尖而長的東西的）〜枝、瓶

(2) ⑮ふたり

1. ひとり [一人] 2 名 一個人

2. ふたり [二人] 3 名 二個人

3. さんにん [三人] 3 名 三個人

4. よにん [四人] 2 名 四個人

(3) ⑯きんようび

1. すいようび [水曜日] 3 名 星期三

2. どようび [土曜日] 2 名 星期六

3. きんようび [金曜日] 3 名 星期五

4. もくようび [木曜日] 3 名 星期四

(1) ⑰二か月

1. にかげつ [二か月] 2 名 二個月

(2) ⑱痛い

2. いたい [痛い] 2 イ形 痛的

(3) ⑲しろい

1. あかい [赤い] 0 イ形 紅的

2. くろい [黒い] 2 イ形 黑的

3. しろい [白い] 2 イ形 白的

4. きいろい [黄色い] 0 イ形 黄的

（ 4 ）⑳嫌

    1. きらい [嫌い] 0 名 ナ形 惹人厭

    2. きたない [汚い] 3 イ形 髒的

    3. わるい [悪い] 2 イ形 不好的

    4. いや [嫌] 2 ナ形 討厭

（ 3 ）㉑丁度

    2. ちょっと 1 副 一點點、一下下

    3. ちょうど [丁度] 0 副 剛好

（ 3 ）㉒話す

    1. かえす [返す] 1 他動 返還

    3. はなす [話す] 2 他動 說

（ 1 ）㉓みる

    1. みる [見る] 1 他動 看

    2. ある [在る / 有る] 1 自動 （存）在、（擁）有

    3. いる [居る] 0 自動 （有生命的）在、有

    4. はいる [入る] 1 自動 進入

（ 2 ）㉔くる

    2. くる [来る] 1 自動 來

    3. かえる [帰る] 1 自動 回去

    4. はしる [走る] 2 自動 跑步、行駛

▀（2）填入正確單字

（　4　）①わたしの　かぞくは 　　　　　と　わたしです。

　　　　　1. がいこくじん [外国人] 4 名 外國人

　　　　　2. がくせい [学生] 0 名 學生

　　　　　3. いしゃ[医者] 0 名 醫生

　　　　　4. りょうしん [両親] 1 名 雙親

（　3　）②がいこくの　がくせいは 　　　　　です。

　　　　　1. せいと [生徒] 1 名 （小學、國中、高中的）學生

　　　　　2. がいこくじん [外国人] 4 名 外國人

　　　　　3. りゅうがくせい [留学生] 3 名 留學生

　　　　　4. せんせい [先生] 3 名 老師

（　2　）③のみものは 　　　　　と　こうちゃが　あります。

　　　　　2. コーヒー 3 名 咖啡

（　1　）④カレーライスを 　　　　　で　たべます。

　　　　　1. スプーン 2 名 湯匙

　　　　　2. フォーク 1 名 叉子

　　　　　3. ナイフ 1 名 刀子

　　　　　4. はいざら [灰皿] 0 名 菸灰缸

（　4　）⑤アジアじんの　かみの　いろは 　　　　　です。

　　　　　1. あか [赤] 1 名 紅

　　　　　2. あお [青] 1 名 藍

　　　　　3. みどり [緑] 1 名 綠

　　　　　4. くろ [黒] 1 名 黑

（ 4 ）⑥_____で　きってと　ふうとうを　かいます。

      1. ぎんこう [銀行] ⓪ 名 銀行

      2. やおや [八百屋] ⓪ 名 蔬果店

      3. こうばん [交番] ⓪ 名 派出所

      4. ゆうびんきょく [郵便局] ③ 名 郵局

（ 4 ）⑦_____を　わたって　ください。

      1. えき [駅] ① 名 車站

      2. おてあらい [お手洗い] ③ 名 洗手間

      3. いえ [家] ② 名 家（指房子）

      4. こうさてん [交差点] ⓪ ③ 名 十字路口

（ 1 ）⑧なつの　_____は　ひとが　いっぱいです。

      1. プール ① 名 游泳池

（ 4 ）⑨まいあさ　_____を　よみます。

      1. ラジオ ① 名 收音機

      2. テレビ ① 名 電視

      3. えいが [映画] ⓪ 名 電影

      4. しんぶん [新聞] ⓪ 名 報紙

（ 2 ）⑩かわの　なかに　_____が　います。

      1. ねこ [猫] ① 名 貓

      2. さかな [魚] ⓪ 名 魚

      3. いぬ [犬] ② 名 狗

      4. とり [鳥] ⓪ 名 鳥、雞

（ 4 ）⑪でかけるまえに ＿＿＿を　かけて　ください。

1. マッチ 1 名 火柴

2. せっけん [石鹸] 0 名 肥皂

3. きっぷ [切符] 0 名 票

4. かぎ [鍵] 2 名 鑰匙

（ 2 ）⑫ゆうびんきょくで ＿＿＿を　かいます。

1. ふく [服] 2 名 衣服

1. ふく [吹く] 1 他動 吹

　　　　　 1 2 自動 （風）吹、刮

2. きって [切手] 1 名 郵票

3. やさい [野菜] 0 名 蔬菜

4. ほん [本] 1 名 書

（ 4 ）⑬＿＿＿が　ありますから、よるまで　べんきょうします。

1. ペット 1 名 寵物

3. デパート 2 名 百貨公司

4. テスト 1 名 測驗

（ 4 ）⑭＿＿＿ ＋ さん ＝ なな

4. し / よん [四] 1 / 1 名 四

（ 2 ）⑮ほんだなに　ほんを ＿＿＿　おきます。

1. ひとり [一人] 2 名 一個人

2. よんさつ [四冊] 1 名 （書和筆記本的）四本

3. にはい [二杯] 1 名 二杯

4. さんぼん [三本] 1 名 （尖而長的東西的）三枝、三瓶

（ 4 ）⑯＿＿＿＿は　にちようびで、きょうは　げつようびです。

　　　　1. あさって [明後日] 2 名 後天

　　　　2. おととい [一昨日] 3 名 前天

　　　　3. あした [明日] 3 名 明天

　　　　4. きのう [昨日] 2 名 昨天

（ 4 ）⑰にほんの　カメラは　＿＿＿＿　です。

　　　　1. あつい [厚い] 0 イ形 厚的

　　　　1. あつい [暑い] 2 イ形 （形容天氣）炎熱的

　　　　1. あつい [熱い] 2 イ形 （用於天氣以外）高溫的、熱情的

　　　　2. ひろい [広い] 2 イ形 寬廣的

　　　　3. くらい [暗い] 0 イ形 暗、陰鬱的

　　　　3. くらい / ぐらい [位] 副助 大約

　　　　4. たかい [高い] 2 イ形 高的、貴的

（ 3 ）⑱ひこうきは　でんしゃより　＿＿＿＿　です。

　　　　1. ひくい [低い] 2 イ形 矮的

　　　　2. よわい [弱い] 2 イ形 弱的

　　　　3. はやい [早い] 2 イ形 早的

　　　　3. はやい [速い] 2 イ形 快的

　　　　4. きたない [汚い] 3 イ形 髒的

（ 2 ）⑲おにいさんは　けいかんで、とても　＿＿＿＿　な　ひとです。

　　　　1. ほんとう [本当] 0 名 ナ形 真正、實在

　　　　2. りっぱ [立派] 0 ナ形 氣派、優秀

　　　　3. おなじ [同じ] 0 ナ形 相同

　　　　4. べんり [便利] 1 名 ナ形 方便

（ 4 ）⑳＿＿＿＿　どこで　しょくじを　しますか。

    1. とても 0 副 非常

    2. もっと 1 副 更加

    3. すこし [少し] 2 副 少許、稍微

    4. いつも 1 副 總是

（ 2 ）㉑トイレは　＿＿＿＿＿　いって、みぎがわです。

    1. もう 1 副 已經、再

    2. まっすぐ [真っ直ぐ] 3 副 筆直、直接地

    3. そう 1 副 那樣地

    4. たぶん [多分] 1 副 大概

（ 3 ）㉒A：おうちは　どこですか。

    B：あそこの　にかいに　＿＿＿＿＿　います。

    1. ないて：なく [泣く] 0 自動 哭泣

    1. ないて：なく [鳴く] 0 自動 鳴叫

    2. さいて：さく [咲く] 0 自動 開花

    3. すんで：すむ [住む] 1 自動 住

    4. かかって：かかる 2 自動 花費

（ 1 ）㉓つぎの　えきで　＿＿＿＿＿、まっすぐに　あるきなさい。

    1. おりて：おりる [降りる] 2 自動 下（車、樓梯等）

    2. ねて：ねる [寝る] 0 自動 睡覺

    3. はれて：はれる [晴れる] 2 自動 放晴

    4. つかれて：つかれる [疲れる] 3 自動 疲憊

（ 1 ）㉔ A：＿＿＿＿　えいがが　すきですか。

B：おもしろい　えいがが　すきです。

1. どんな 1 疑 什麼樣的

2. どの 1 連體 哪一個

3. どっち 1 疑 哪（「どちら」的口語體）

4. どどこ [何処] 1 疑 哪裡

あう [会う] 1 自動 見面

あく [開く] 0 自動 （門）開

あける [開ける] 0 他動 打開

あびる [浴びる] 0 他動 淋浴

あらう [洗う] 0 他動 洗

ある [在る] 1 自動 （存）在

ある [有る] 1 自動 （擁）有

あるく [歩く] 2 自動 走路

いう [言う] 0 他動 說、稱為〜

いる [居る] 0 自動 （有生命的）在、有

いる [要る] 0 自動 需要

◆いれる [入れる] 0 他動 打開（電源）、裝入、泡（茶）

うる [売る] 0 他動 賣

おきる [起きる] 2 自動 起床

おしえる [教える] 0 他動 教導

おす [押す] 0 他動 壓、推

おぼえる [覚える] 3 他動 記住

およぐ [泳ぐ] 2 自動 游泳

おわる [終わる] 0 自動 結束

◆かえす [返す] 1 他動 返還

◆かかる 2 自動 花費

◆かける [掛ける] 2 他動 打（電話）、戴

◆かす [貸す] 0 他動 借出

◆かりる [借りる] 0 他動 借入

◆きえる [消える] 0 自動 消失、熄滅

◆きる [着る] 0 他動 穿

◆くもる [曇る] 2 自動 （天）陰

◆けす [消す] 0 他動 （電器類）關

◆こまる [困る] 2 自動 困擾

◆しぬ [死ぬ] 0 自動 死

◆しまる [閉まる] 2 自動 （門）關

◆しめる [閉める] 2 他動 關閉（門窗）

◆しめる [締める] 2 他動 繫綁

◆すう [吸う] 0 他動 吸

◆すむ [住む] 1 自動 住

◆する 0 他動 做

◆すわる [座る] 0 自動 坐

考前衝刺
第二回

▶ 試題

▶ 解答

▶ 解析

▶ 考前6天
把這些重要的動詞都記起來吧！

試 題

▰（1）選出正確答案

（　　　）①人

      1. ひと　　　2. ちと　　　3. しと　　　4. へと

（　　　）②鼻

      1. て　　　　2. あし　　　3. め　　　　4. はな

（　　　）③玉子

      1. たまご　　2. だまご　　3. たまこ　　4. はまこ

（　　　）④砂糖

      1. さとう　　2. さど　　　3. さどう　　4. さと

（　　　）⑤背広

      1. せびろ　　2. せひろ　　3. せいびろ　　4. せびる

（　　　）⑥家

      1. うち　　　2. いち　　　3. はち　　　4. にち

（　　　）⑦国

      1. かに　　　2. くに　　　3. にく　　　4. きく

（　　　）⑧前

      1. ほえ　　　2. なま　　　3. まえ　　　4. あと

（　　　）⑨写真

      1. しゃじん　2. しゃちん　3. じゃしん　4. しゃしん

(　　) ⑩雨

      1. あめ　　　　2. まめ　　　　3. ひめ　　　　4. しめ

(　　) ⑪びょうき

      1. 病院　　　　2. 病者　　　　3. 病気　　　　4. 病舎

(　　) ⑫机

      1. いす　　　　2. いくつ　　　　3. つくえ　　　　4. き

(　　) ⑬本棚

      1. ほんたん　2. だんす　　　3. ほんだな　4. ほんだん

(　　) ⑭辞書

      1. じじょう　2. じいじょ　3. ししょ　　　4. じしょ

(　　) ⑮はんぶん

      1. 半身　　　　2. 反対　　　　3. 半額　　　　4. 半分

(　　) ⑯はん

      1. 午　　　　2. 土　　　　3. 羊　　　　4. 半

(　　) ⑰四年

      1. しねん　　2. よんねん　3. よねん　　4. しんねん

(　　) ⑱欲しい

      1. うれしい　2. はやい　　3. はしい　　4. ほしい

(　　) ⑲あまい

      1. 辛い　　　　2. 甘い　　　　3. 古い　　　　4. 渋い

（　　　）⑳上手

     1. じょず　　　2. じょうず　　3. じょうぶ　　4. じょうて

（　　　）㉑結構

     1. けっこう　　2. けっこん　　3. けつごう　　4. けつこう

（　　　）㉒読んで

     1. かんで　　　2. あそんで　　3. のんで　　　4. よんで

（　　　）㉓きる

     1. 木る　　　　2. 機る　　　　3. 着る　　　　4. 見る

（　　　）㉔勉強する

     1. べんきょうする　　　　　2. べんきょする

     3. べんぎょうする　　　　　4. べんぎょする

▼（2）填入正確單字

（　　　）①おかあさんの　おんなの　＿＿＿は　おばさんです。

     1. かてい　　　　　　　　2. きょうだい

     3. おとうと　　　　　　　4. あに

（　　　）②あぶない　とき　＿＿＿の　ところへ　いきなさい。

     1. けいひん　　　　　　　2. けいかん

     3. けいがん　　　　　　　4. けしかん

（　　　）③かぜを　ひきましたから、＿＿＿を　のみます。

     1. おさけ　　　　　　　　2. こうちゃ

     3. おちゃ　　　　　　　　4. くすり

（　　　）④にくを　たべるとき、＿＿＿で　きって　ください。

    1. はし　　　　　　　　　　　2. スプーン

    3. ちゃわん　　　　　　　　　4. ナイフ

（　　　）⑤こうえんは　＿＿＿が　たくさん　あります。

    1. みどり　　　　　　　　　　2. しろ

    3. くろ　　　　　　　　　　　4. あか

（　　　）⑥りょこうの　とき、＿＿＿に　とまります。

    1. たいしかん　　　　　　　　2. デパート

    3. ホテル　　　　　　　　　　4. びょういん

（　　　）⑦＿＿＿で　でんしゃを　まちます。

    1. くうこう　　　　　　　　　2. えき

    3. みなと　　　　　　　　　　4. バスてい

（　　　）⑧ともだちと　＿＿＿へ　いきました。

    1. おんがく　　　　　　　　　2. パーティー

    3. ギター　　　　　　　　　　4. スポーツ

（　　　）⑨＿＿＿で　おんがくを　ききます。

    1. ざっし　　　　　　　　　　2. ラジオ

    3. しんぶん　　　　　　　　　4. ほん

（　　　）⑩まいばん　＿＿＿と　さんぽします。

    1. さかな　　　　　　　　　　2. いわ

    3. き　　　　　　　　　　　　4. いぬ

(　) ⑪タバコに _____ で　ひを　つけます。

        1. ハンカチ　　　　　　　2. フォーク

        3. マッチ　　　　　　　　4. ズボン

(　) ⑫りょこうの _____ を　じゅんびします。

        1. にもつ　　　　　　　　2. てがみ

        3. はがき　　　　　　　　4. ふうとう

(　) ⑬にほんの _____ が　はなせますか。

        1. かたかな　　　　　　　2. かんじ

        3. ことば　　　　　　　　4. やすみ

(　) ⑭じゅう　－　いち　＝　_____

        1. さん　　　　　　　　　2. に

        3. きゅう　　　　　　　　4. じゅう

(　) ⑮ゆうびんきょくで　ふうとうを _____ かいました。

        1. にさつ　　　　　　　　2. にだい

        3. にほん　　　　　　　　4. にまい

(　) ⑯_____ しんぶんを　よみます。

        1. けさ　　　　　　　　　2. おととい

        3. ゆうべ　　　　　　　　4. まいあさ

(　) ⑰いまの　うちは _____ ので、ひろい　へやが　ほしいです。

        1. まるい　　　　　　　　2. ふとい

        3. せまい　　　　　　　　4. みじかい

（　　）⑱西門町（せいもんちょう）には ＿＿＿＿ ひとが　たくさん　います。

    1. わかい　　　　　　　　　　2. からい

    3. あかい　　　　　　　　　　4. おいしい

（　　）⑲としょかんでは ＿＿＿＿に　して　ください。

    1. にぎやか　　　　　　　　　2. うるさい

    3. しずか　　　　　　　　　　4. じょうぶ

（　　）⑳つかれましたから、＿＿＿＿ でかけたくないです。

    1. あまり　　　　　　　　　　2. はじめて

    3. おおぜい　　　　　　　　　4. たくさん

（　　）㉑むずかしい　もんだいですから、＿＿＿＿ かんがえましょう。

    1. ゆっくりと　　　　　　　　2. だんだん

    3. まだ　　　　　　　　　　　4. おおぜい

（　　）㉒あめが ＿＿＿＿。かさを　さしましょう。

    1. ふって　います　　　　　　2. たって　います

    3. さいて　います　　　　　　4. くって　います

（　　）㉓にわに　ねこが　にひき ＿＿＿＿。

    1. あります　　　　　　　　　2. できます

    3. います　　　　　　　　　　4. おぼえます

（　　）㉔Ａ：きむらさんは ＿＿＿＿に　いますか。

    Ｂ：かいぎしつに　います。

    1. いつ　　　　　　　　　　　2. どこ

    3. どう　　　　　　　　　　　4. だれ

解答

（1）選出正確答案

① 1	② 4	③ 1	④ 1	⑤ 1	⑥ 1
⑦ 2	⑧ 3	⑨ 4	⑩ 1	⑪ 3	⑫ 3
⑬ 3	⑭ 4	⑮ 4	⑯ 4	⑰ 3	⑱ 4
⑲ 2	⑳ 2	㉑ 1	㉒ 4	㉓ 3	㉔ 1

（2）填入正確單字

① 2	② 2	③ 4	④ 4	⑤ 1	⑥ 3
⑦ 2	⑧ 2	⑨ 2	⑩ 4	⑪ 3	⑫ 1
⑬ 3	⑭ 3	⑮ 4	⑯ 4	⑰ 3	⑱ 1
⑲ 3	⑳ 1	㉑ 1	㉒ 1	㉓ 3	㉔ 2

解析

▋（1）選出正確答案

（ 1 ）①人

    1. ひと [人] 0 名 人

（ 4 ）②鼻

    1. て [手] 1 名 手、手段

    2. あし [足] 2 名 腳、腳程

    3. め [目] 1 名 眼睛

    4. はな [鼻] 0 名 鼻子

    4. はな [花] 2 名 花

（ 1 ）③玉子

    1. たまご [卵 / 玉子] 2 0 名 蛋

（ 1 ）④砂糖

    1. さとう [砂糖] 2 名 砂糖

（ 1 ）⑤背広

    1. せびろ [背広] 0 名 西裝

（ 1 ）⑥家

    1. うち [家] 0 名 家（指家庭）

    2. いち [一] 2 名 一

    3. はち [八] 2 名 八

    4. ～にち [～日] 名 ～號、～日

（ 2 ）⑦国

　　　2. くに [国] 0 名 國家

　　　3. にく [肉] 2 名 肉

　　　4. きく [聞く] 0 他動 聽、問

（ 3 ）⑧前

　　　3. まえ [前] 1 名 前面

　　　4. あと [後] 1 名 （時間方面的）以後

（ 4 ）⑨写真

　　　4. しゃしん [写真] 0 名 照片

（ 1 ）⑩雨

　　　1. あめ [雨] 1 名 雨天

　　　1. あめ [飴] 0 名 糖果

（ 3 ）⑪びょうき

　　　1. びょういん [病院] 0 名 醫院

　　　3. びょうき [病気] 0 名 生病

（ 3 ）⑫机

　　　1. いす [椅子] 0 名 椅子

　　　2. いくつ 1 疑 多少個

　　　3. つくえ [机] 0 名 書桌

　　　4. き [木] 1 名 樹

（ 3 ）⑬本棚

　　　3. ほんだな [本棚] 1 名 書架

（ 4 ）⑭辞書

     4. じしょ [辞書] 1 名 辭典

（ 4 ）⑮はんぶん

     4. はんぶん [半分] 3 名 一半

（ 4 ）⑯はん

     4. はん [半] 1 名 半小時

（ 3 ）⑰四年

     3. よねん [四年] 0 名 四年

（ 4 ）⑱欲しい

     1. うれしい [嬉しい] 3 イ形 高興的

     2. はやい [早い] 2 イ形 早的

     2. はやい [速い] 2 イ形 快的

     4. ほしい [欲しい] 2 イ形 想要的

（ 2 ）⑲あまい

     1. からい [辛い] 2 イ形 辣的

     2. あまい [甘い] 0 イ形 甜的

     3. ふるい [古い] 2 イ形 舊的

（ 2 ）⑳上手

     2. じょうず [上手] 3 名 ナ形 擅長

     3. じょうぶ [丈夫] 0 ナ形 堅固

（ 1 ）㉑結構

    1. けっこう [結構] 1 副 名 ナ形 夠了、很好、還可以

    2. けっこん [結婚] 0 名 結婚

（ 4 ）㉒読んで

    2. あそんで：あそぶ [遊ぶ] 0 自動 玩

    3. のんで：のむ [飲む] 1 他動 喝

    4. よんで：よむ [読む] 1 他動 閲讀

（ 3 ）㉓きる

    3. きる [着る] 0 他動 穿

    4. みる [見る] 1 他動 看

（ 1 ）㉔勉強する

    1. べんきょうする [勉強する] 0 他動 唸書、學習

▶（2）填入正確單字

（ 2 ）①おかあさんの　おんなの　＿＿＿＿は　おばさんです。

    1. かてい [家庭] 0 名 家庭

    2. きょうだい [兄弟] 1 名 兄弟姉妹

    3. おとうと [弟] 4 名 舍弟

    4. あに [兄] 1 名 家兄

（ 2 ）②あぶない　とき　＿＿＿＿の　ところへ　いきなさい。

    2. けいかん [警官] 0 名 警官

（ 4 ）③かぜを　ひきましたから、＿＿＿を　のみます。

    1. おさけ [お酒] 0 名 日本酒

    2. こうちゃ [紅茶] 0 名 紅茶

    3. おちゃ [お茶] 0 名 茶

    4. くすり [薬] 0 名 藥

（ 4 ）④にくを　たべるとき、＿＿＿で　きって　ください。

    1. はし [箸] 1 名 筷子

    1. はし [橋] 2 名 橋樑

    2. スプーン 2 名 湯匙

    3. ちゃわん [茶碗] 0 名 碗

    4. ナイフ 1 名 刀子

（ 1 ）⑤こうえんは　＿＿＿が　たくさん　あります。

    1. みどり [緑] 1 名 綠

    2. しろ [白] 1 名 白

    3. くろ [黒] 1 名 黑

    4. あか [赤] 1 名 紅

（ 3 ）⑥りょこうの　とき、＿＿＿に　とまります。

    1. たいしかん [大使館] 3 名 大使館

    2. デパート 2 名 百貨公司

    3. ホテル 1 名 飯店、旅館

    4. びょういん [病院] 0 名 醫院

（ 2 ）⑦＿＿＿で　でんしゃを　まちます。

    2. えき [駅] 1 名 車站

（ 2 ）⑧ともだちと ＿＿＿＿＿へ いきました。

　　　1. おんがく [音楽] 1 名 音樂

　　　2. パーティー 1 名 派對

　　　3. ギター 1 名 吉他

　　　4. スポーツ 2 名 運動

（ 2 ）⑨＿＿＿＿＿で おんがくを ききます。

　　　1. ざっし [雑誌] 0 名 雜誌

　　　2. ラジオ 1 名 收音機

　　　3. しんぶん [新聞] 0 名 報紙

　　　4. ほん [本] 1 名 書

（ 4 ）⑩まいばん ＿＿＿＿＿と さんぽします。

　　　1. さかな [魚] 0 名 魚

　　　2. いわ [岩] 0 名 岩石

　　　3. き [木] 1 名 樹

　　　4. いぬ [犬] 2 名 狗

（ 3 ）⑪タバコに ＿＿＿＿＿で ひを つけます。

　　　1. ハンカチ 0 名 手帕

　　　2. フォーク 1 名 叉子

　　　3. マッチ 1 名 火柴

　　　4. ズボン 2 1 名 長褲

（ 1 ）⑫りょこうの ＿＿＿＿＿を じゅんびします。

　　　1. にもつ [荷物] 1 名 行李

　　　2. てがみ [手紙] 0 名 信

3. はがき [葉書] 0 名 明信片

4. ふうとう [封筒] 0 名 信封

（ 3 ） ⑬にほんの ＿＿＿＿＿が はなせますか。

1. かたかな [片仮名] 3 名 片假名

2. かんじ [漢字] 0 名 漢字

3. ことば [言葉] 3 名 語言、話

4. やすみ [休み] 3 名 休息、休假

（ 3 ） ⑭じゅう － いち ＝ ＿＿＿＿＿

1. さん [三] 0 名 三

2. に [二] 1 名 二

3. きゅう / く [九] 1 / 1 名 九

4. じゅう [十] 1 名 十

（ 4 ） ⑮ゆうびんきょくで ふうとうを ＿＿＿＿＿ かいました。

1. にさつ [二冊] 1 名 （書和筆記本的）二本

2. にだい [二台] 1 名 （機器和車輛的）二台

3. にほん [二本] 1 名 （尖而長的東西的）二枝、二瓶

4. にまい [二枚] 1 名 （薄或扁平的東西的）二張、二件

（ 4 ） ⑯＿＿＿＿＿ しんぶんを よみます。

1. けさ [今朝] 1 名 今天早上

2. おととい [一昨日] 3 名 前天

3. ゆうべ [昨夜] 3 名 昨晚

4. まいあさ [毎朝] 1 0 名 每天早上

（ 3 ）⑰いまの　うちは 　　　　　ので、ひろい　へやが　ほしいです。

    1. まるい [丸い] 0 2 イ形 圓的

    2. ふとい [太い] 2 イ形 胖的、粗的

    3. せまい [狭い] 2 イ形 狹窄的

    4. みじかい [短い] 3 イ形 短的

（ 1 ）⑱西門町には 　　　　　ひとが　たくさん　います。

    1. わかい [若い] 2 イ形 年輕的

    2. からい [辛い] 2 イ形 辣的

    3. あかい [赤い] 0 イ形 紅的

    4. おいしい [美味しい] 0 3 イ形 美味的

（ 3 ）⑲としょかんでは 　　　　　に　して　ください。

    1. にぎやか [賑やか] 2 ナ形 熱鬧

    2. うるさい 3 イ形 吵雜的、囉嗦的

    3. しずか [静か] 1 ナ形 安靜

    4. じょうぶ [丈夫] 0 ナ形 堅固

（ 1 ）⑳つかれましたから、 　　　　　でかけたくないです。

    1. あまり 0 副 （接否定）不太～

    2. はじめて [初めて] 2 副 第一次

    3. おおぜい [大勢] 3 名 人數眾多

    4. たくさん 3 副 名 ナ形 很多

（　１　）㉑むずかしい　もんだいですから、＿＿＿＿　かんがえましょう。

    1. ゆっくりと 3 副 （動作）慢慢地

    2. だんだん [段々] 0 副 （變化）漸漸地

    3. まだ [未だ] 1 副 尚未

    4. おおぜい [大勢] 3 名 人數眾多

（　１　）㉒あめが　＿＿＿＿。かさを　さしましょう。

    1. ふって：ふる [降る] 1 自動 落下

    2. たって：たつ [立つ] 1 自動 站

    2. たって：たつ [建つ] 1 自動 蓋

    3. さいて：さく [咲く] 0 自動 開花

（　３　）㉓にわに　ねこが　にひき　＿＿＿＿。

    1. あります：ある [在る] 1 自動 （存）在

    1. あります：ある [有る] 1 自動 （擁）有

    2. できます：できる [出来る] 2 自動 能夠、會

    3. います：いる [居る] 0 自動 （有生命的）在、有

    4. おぼえます：おぼえる [覚える] 3 他動 記住

（　２　）㉔A：きむらさんは　＿＿＿＿に　いますか。

    B：かいぎしつに　います。

    1. いつ [何時] 1 疑 何時

    2. どこ [何処] 1 疑 哪裡

    3. どう [如何] 1 疑 如何

    4. だれ [誰] 1 疑 誰

だす [出す] 1 他動 送出

たのむ [頼む] 2 他動 拜託、請求

たべる [食べる] 2 他動 吃

ちがう [違う] 0 自動 不對、不同

つかう [使う] 0 他動 使用

つかれる [疲れる] 3 自動 疲憊

つく [着く] 1 自動 抵達

つける 2 他動 打開（電器）

つとめる [勤める] 3 他動 任職

でかける [出かける] 0 自動 外出

できる [出来る] 2 自動 能夠、會

とぶ [飛ぶ] 0 自動 飛

◆とまる [止まる] 0 自動 停止

とる [取る] 1 他動 取

とる [撮る] 1 他動 攝影

ならう [習う] 2 他動 學習

ならべる [並べる] 0 他動 排列

なる [成る] 1 自動 成為

ねる [寝る] 0 自動 睡覺

のぼる [登る] 0 自動 攀爬、登

のる [乗る] 0 自動 搭乘

◆はじまる [始まる] 0 自動 開始

◆はしる [走る] 2 自動 跑步、行駛

◆はたらく [働く] 0 他動 工作

◆ひく [引く] 0 他動 拉

◆ひく [弾く] 0 他動 彈

◆ふる [降る] 1 自動 落下

◆まがる [曲がる] 0 自動 轉彎

◆まつ [待つ] 1 他動 等待

◆みがく [磨く] 0 他動 刷

◆もつ [持つ] 1 他動 拿、攜帶、持有

◆やすむ [休む] 2 他動 休息、放假

◆やる 0 他動 做、餵、澆（「する」較不客氣的說法）

◆わかる [分かる] 2 自動 了解

◆わたる [渡る] 0 自動 渡過

考前衝刺
第三回

▶ 試題

▶ 解答

▶ 解析

▶ 考前5天
把這些重要的名詞都記起來吧！

試 題

■ （1）選出正確答案

（　　）①皆さん
      1. みいなさん　　　　　　2. みんなさん
      3. みなさん　　　　　　　4. みなんさん

（　　）②目
      1. め　　　　2. お　　　　3. ま　　　　4. あ

（　　）③食べもの
      1. たべもの　2. なべもの　3. しべもの　4. のべもの

（　　）④塩
      1. ちお　　　2. しおう　　3. しお　　　4. しる

（　　）⑤洋服
      1. ようふぐ　2. よふく　　3. ようふく　4. ようぶく

（　　）⑥玄関
      1. けんかん　2. けんがん　3. げんかん　4. げんがん

（　　）⑦所
      1. こころ　　2. みどこ　　3. どころ　　4. ところ

（　　）⑧右
      1. みき　　　2. みち　　　3. むち　　　4. みぎ

（　　）⑨外国

    1. がいこく　　2. かいがい　　3. かいごく　　4. がいこう

（　　）⑩空

    1. あら　　　　2. そら　　　　3. から　　　　4. きら

（　　）⑪お金

    1. おがね　　　2. おかね　　　3. おきね　　　4. おはね

（　　）⑫電気

    1. でんき　　　2. でんわ　　　3. でんち　　　4. でんしゃ

（　　）⑬図書館

    1. どしょかん　　　　　　2. としょうかん

    3. ずしょかん　　　　　　4. としょかん

（　　）⑭鉛筆

    1. えんびつ　　2. えんぴつ　　3. えんぶつ　　4. えんひつ

（　　）⑮とお

    1. 十　　　　　2. 八　　　　　3. 六　　　　　4. 二

（　　）⑯はつか

    1. 十日　　　　2. 二十日　　　3. 四日　　　　4. 八日

（　　）⑰五週間

    1. ごねんかん　　　　　　2. ごかげつ

    3. ごしゅうかん　　　　　4. ここのか

(　　) ⑱良い

1. いい　2. はい　3. ない　4. やい

(　　) ⑲あおい

1. 遅い　2. 多い　3. 早い　4. 青い

(　　) ⑳好き

1. えき　2. いき　3. すき　4. ゆき

(　　) ㉑少し

1. すごし　2. すこし　3. すくし　4. しょうし

(　　) ㉒いきました

1. 付きました　2. 代きました

3. 行きました　4. 化きました

(　　) ㉓たべる

1. 調べる　2. 呼べる　3. 食べる　4. 並べる

(　　) ㉔散歩する

1. さんぽします　2. さんぽうします

3. さんぼうします　4. さんぼします

（2）填入正確單字

(　　) ①おとうさんの　おとうさんは ＿＿＿です。

1. おにいさん　2. おとうとさん

3. おじいさん　4. おじさん

(　　) ②＿＿＿は　しょうがくせいと　ちゅうがくせいと
こうこうせいの　ことです。

  1. せいと   2. いしゃ

  3. おまわりさん   4. せんせい

(　　) ③からだに　わるいから、＿＿＿を　やめます。

  1. みず   2. タバコ

  3. おちゃ   4. ぎゅうにゅう

(　　) ④りょうりを　＿＿＿に　のせます。

  1. はいざら   2. フォーク

  3. おさら   4. はし

(　　) ⑤トマトの　いろは　＿＿＿です。

  1. あお   2. あか

  3. しろ   4. ちゃいろ

(　　) ⑥かいしゃの　＿＿＿で　ひるごはんを　たべました。

  1. みせ   2. かいだん

  3. しょくどう   4. トイレ

(　　) ⑦＿＿＿で　にほんへ　いきます。

  1. ひこうき   2. タクシー

  3. バス   4. じてんしゃ

(　　) ⑧えいごの　＿＿＿を　ききます。

  1. え   2. ギター

  3. テープ   4. テープレコーダー

（　　）⑨あたらしい ＿＿＿＿が はいりました。

　　　　1. ニュース　　　　　　　　2. プール

　　　　3. パーティー　　　　　　　4. ラジオ

（　　）⑩＿＿＿＿が ありますから、ちゅういしなさい。

　　　　1. とり　　　　　　　　　　2. いわ

　　　　3. さかな　　　　　　　　　4. ねこ

（　　）⑪＿＿＿＿が なくて なにも かえませんでした。

　　　　1. マッチ　　　　　　　　　2. しお

　　　　3. さいふ　　　　　　　　　4. せっけん

（　　）⑫あなたの でんわ＿＿＿＿は なんばんですか。

　　　　1. ばんごう　　　　　　　　2. でんき

　　　　3. はこ　　　　　　　　　　4. はんごう

（　　）⑬しゅくだいは ＿＿＿＿です。

　　　　1. ぶんしょう　　　　　　　2. さくぶん

　　　　3. いみ　　　　　　　　　　4. いわ

（　　）⑭だいこんは さんぼん ＿＿＿＿えんです。

　　　　1. ひゃく　　　　　　　　　2. ぜん

　　　　3. しゅう　　　　　　　　　4. きゃく

（　　）⑮うちは そのたてものの ＿＿＿＿に あります。

　　　　1. さんこ　　　　　　　　　2. さんさい

　　　　3. さんがい　　　　　　　　4. さんかい

（　　）⑯_____　にほんへ　いきました。

    1. らいげつ　　　　　　　2. せんしゅう

    3. らいねん　　　　　　　4. あした

（　　）⑰よるは　すずしいですから、_____コートを　きて

    ください。

    1. うすい　　　　　　　　2. きたない

    3. ほそい　　　　　　　　4. まるい

（　　）⑱どうぶつえんで　_____　うさぎを　みました。

    1. きれい　　　　　　　　2. かわいい

    3. むずかしい　　　　　　4. つめたい

（　　）⑲_____な　とき、ほんを　よんだり、おんがくを　きいたり

    します。

    1. べんり　　　　　　　　2. じょうぶ

    3. ひま　　　　　　　　　4. じょうず

（　　）⑳A：りょうりの　あじは　いかがですか。

    B：_____　からい　ほうが　おいしい　です。

    1. もっと　　　　　　　　2. もう

    3. おなじ　　　　　　　　4. すぐに

（　　）㉑_____　あつく　なります。もう　なつですね。

    1. いろいろ　　　　　　　2. ゆっくりと

    3. いっしょに　　　　　　4. だんだん

(　　) ㉒ A：これは　あなたの　かばんですか。

　　　　　B：いいえ、＿＿＿＿。

　　　　　1. おわります　　　　　　2. ちがいます

　　　　　3. かかります　　　　　　4. たちます

(　　) ㉓ わたしは　タイペイで　＿＿＿＿。

　　　　　1. おきました　　　　　　2. うまれました

　　　　　3. ねました　　　　　　　4. みました

(　　) ㉔ A：＿＿＿＿　せんたくしませんでしたか。

　　　　　B：あめでしたから。

　　　　　1. どなた　　　　　　　　2. どこ

　　　　　3. なに　　　　　　　　　4. なぜ

解 答

▶（1）選出正確答案

① 3	② 1	③ 1	④ 3	⑤ 3	⑥ 3
⑦ 4	⑧ 4	⑨ 1	⑩ 2	⑪ 2	⑫ 1
⑬ 4	⑭ 2	⑮ 1	⑯ 2	⑰ 3	⑱ 1
⑲ 4	⑳ 3	㉑ 2	㉒ 3	㉓ 3	㉔ 1

▶（2）填入正確單字

① 3	② 1	③ 2	④ 3	⑤ 2	⑥ 3
⑦ 1	⑧ 3	⑨ 1	⑩ 2	⑪ 3	⑫ 1
⑬ 2	⑭ 1	⑮ 3	⑯ 2	⑰ 1	⑱ 2
⑲ 3	⑳ 1	㉑ 4	㉒ 2	㉓ 2	㉔ 4

解 析

▉ （1）選出正確答案

（ 3 ）①皆さん

  3. みんな [皆] / みなさん[皆さん] 3 / 2 名 大家、各位

（ 1 ）②目

  1. め [目] 1 名 眼睛

（ 1 ）③食べもの

  1. たべもの [食べ物] 3 2 名 食物

（ 3 ）④塩

  3. しお [塩] 2 名 鹽

（ 3 ）⑤洋服

  3. ようふく [洋服] 0 名 衣服、西服

（ 3 ）⑥玄関

  3. げんかん [玄関] 1 名 玄關

（ 4 ）⑦所

  4. ところ [所] 0 名 地方

（ 4 ）⑧右

  2. みち [道] 0 名 路

  4. みぎ [右] 0 名 右

（　1　）⑨外国

　　　　1. がいこく [外国] 0 名 外國

（　2　）⑩空

　　　　2. そら [空] 1 名 天空

（　2　）⑪お金

　　　　2. おかね [お金] 0 名 錢

（　1　）⑫電気

　　　　1. でんき [電気] 1 名 電燈

　　　　2. でんわ [電話] 0 名 電話

　　　　4. でんしゃ [電車] 0 1 名 電車

（　4　）⑬図書館

　　　　4. としょかん [図書館] 2 名 圖書館

（　2　）⑭鉛筆

　　　　2. えんぴつ [鉛筆] 0 名 鉛筆

（　1　）⑮とお

　　　　1. とお [十] 1 名 十

　　　　1. じゅう [十] 1 名 十

　　　　2. はち [八] 2 名 八

　　　　3. ろく [六] 2 名 六

　　　　4. に [二] 1 名 二

（ 2 ）⑯はつか

    1. とおか [十日] 0 名 十日、十天

    2. はつか [二十日] 0 名 二十號、二十日

    3. よっか [四日] 0 名 四號、四日

    4. ようか [八日] 0 名 八號、八日

（ 3 ）⑰五週間

    1. ごねんかん [五年間] 2 名 五年

    2. ごかげつ [五か月] 2 名 五個月

    3. ごしゅうかん [五週間] 2 名 五個星期

    4. ここのか [九日] 4 名 九號、九日

（ 1 ）⑱良い

    1. いい / よい [良い] 1 / 1 イ形 好的

    3. ない [無い] 1 イ形 沒有的

（ 4 ）⑲あおい

    1. おそい [遅い] 0 2 イ形 慢的

    2. おおい [多い] 1 2 イ形 多的

    3. はやい [早い] 2 イ形 早的

    4. あおい [青い] 2 イ形 藍的

（ 3 ）⑳好き

    1. えき [駅] 1 名 車站

    3. すき [好き] 2 名 ナ形 喜歡

    4. ゆき [雪] 2 名 雪

（ 2 ）㉑少し

　　　2. すこし [少し] 2 副 少許、稍微

（ 3 ）㉒いきました

　　　3. 行きました：いく / ゆく [行く] 0 / 0 自動 去

（ 3 ）㉓たべる

　　　3. たべる [食べる] 2 他動 吃

　　　4. ならべる [並べる] 0 他動 排列

（ 1 ）㉔散歩する

　　　1. さんぽする [散歩する] 0 自動 散步

▚（2）填入正確單字

（ 3 ）①おとうさんの　おとうさんは　＿＿＿＿＿です。

　　　1. おにいさん [お兄さん] 2 名 尊稱自己或他人的哥哥

　　　2. おとうとさん [弟さん] 0 名 尊稱別人的弟弟

　　　3. おじいさん [お爺さん] 2 名 尊稱自己或他人的爺爺

　　　4. おじさん [伯父さん / 叔父さん] 0 名 尊稱自己或他人的伯、

　　　　叔、姑、舅父

（ 1 ）②＿＿＿＿＿は　しょうがくせいと　ちゅうがくせいと

　　　こうこうせいの　ことです。

　　　1. せいと [生徒] 1 名（小學、國中、高中的）學生

　　　2. いしゃ [医者] 0 名 醫生

　　　3. おまわりさん [お巡りさん] 2 名 警察

　　　4. せんせい [先生] 3 名 老師

63

（２）③からだに　わるいから、＿＿＿を　やめます。

     1. みず [水] 0 名 水

     2. タバコ 0 名 香菸

     3. おちゃ [お茶] 0 名 茶

     4. ぎゅうにゅう [牛乳] 0 名 牛奶

（３）④りょうりを　＿＿＿に　のせます。

     1. はいざら [灰皿] 0 名 菸灰缸

     2. フォーク 1 名 叉子

     3. おさら [お皿] 0 名 盤子

     4. はし [箸] 1 名 筷子

     4. はし [橋] 2 名 橋樑

（２）⑤トマトの　いろは　＿＿＿です。

     1. あお [青] 1 名 藍

     2. あか [赤] 1 名 紅

     3. しろ [白] 1 名 白

     4. ちゃいろ [茶色] 0 名 褐色

（３）⑥かいしゃの　＿＿＿で　ひるごはんを　たべました。

     1. みせ [店] 2 名 商店

     2. かいだん [階段] 0 名 樓梯

     3. しょくどう [食堂] 0 名 （公司、學校的）食堂

     4. トイレ 1 名 廁所

（ １ ）⑦＿＿＿で　にほんへ　いきます。

    1. ひこうき [飛行機] 2 名 飛機

    2. タクシー 1 名 計程車

    3. バス 1 名 公車

    4. じてんしゃ [自転車] 2 0 名 脚踏車

（ ３ ）⑧えいごの　＿＿＿を　ききます。

    1. え [絵] 1 名 繪畫

    2. ギター 1 名 吉他

    3. テープ 1 名 錄音帶

    4. テープレコーダー 5 名 錄音機

（ １ ）⑨あたらしい　＿＿＿が　はいりました。

    1. ニュース 1 名 新聞、消息

    2. プール 1 名 游泳池

    3. パーティー 1 名 派對

    4. ラジオ 1 名 收音機

（ ２ ）⑩＿＿＿が　ありますから、ちゅういしなさい。

    1. とり [鳥] 0 名 鳥、雞

    2. いわ [岩] 0 名 岩石

    3. さかな [魚] 0 名 魚

    4. ねこ [猫] 1 名 貓

（ ３ ）⑪＿＿＿が　なくて　なにも　かえませんでした。

    1. マッチ 1 名 火柴

    2. しお [塩] 2 名 鹽

3. さいふ [財布] 0 名 錢包

4. せっけん [石鹸] 0 名 肥皂

(1) ⑫あなたの　でんわ＿＿＿＿は　なんばんですか。

1. ばんごう [番号] 3 名 號碼

2. でんき [電気] 1 名 電燈

3. はこ [箱] 0 名 箱子、盒子

(2) ⑬しゅくだいは　＿＿＿＿です。

1. ぶんしょう [文章] 1 名 文章

2. さくぶん [作文] 0 名 作文

3. いみ [意味] 1 名 意思、意義

4. いわ [岩] 0 名 岩石

(1) ⑭だいこんは　さんぼん　＿＿＿＿えんです。

1. ひゃく [百] 2 名 百

(3) ⑮うちは　そのたてものの　＿＿＿＿に　あります。

1. さんこ [三個] 1 名 三個

2. さんさい [三歳] 1 名 三歳

3. さんがい [三階] 0 名 三樓

4. さんかい [三回] 3 名 三回、三次

(2) ⑯＿＿＿＿　にほんへ　いきました。

1. らいげつ [来月] 1 名 下個月

2. せんしゅう [先週] 0 名 上星期

3. らいねん [来年] 0 名 明年

4. あした [明日] 3 名 明天

（　1　）⑰よるは　すずしいですから、＿＿＿＿コートを　きて

　　　　ください。

　　　　1. うすい [薄い] 0 イ形 薄的

　　　　2. きたない [汚い] 3 イ形 髒的

　　　　3. ほそい [細い] 2 イ形 瘦的、細的

　　　　4. まるい [丸い] 0 2 イ形 圓的

（　2　）⑱どうぶつえんで　＿＿＿＿＿　うさぎを　みました。

　　　　1. きれい [綺麗] 1 ナ形 漂亮、乾淨

　　　　2. かわいい [可愛い] 3 イ形 可愛的

　　　　3. むずかしい [難しい] 4 イ形 難的

　　　　4. つめたい [冷たい] 0 イ形 （用於天氣以外）冰冷的

（　3　）⑲＿＿＿＿な　とき、ほんを　よんだり、おんがくを　きいたり

　　　　します。

　　　　1. べんり [便利] 1 名 ナ形 方便

　　　　2. じょうぶ [丈夫] 0 ナ形 堅固

　　　　3. ひま [暇] 0 名 ナ形 閒暇

　　　　4. じょうず [上手] 3 名 ナ形 擅長

（　1　）⑳A：りょうりの　あじは　いかがですか。

　　　　B：＿＿＿＿　からい　ほうが　おいしい　です。

　　　　1. もっと 1 副 更加

　　　　2. もう 1 副 已經、再

　　　　3. おなじ [同じ] 0 ナ形 相同

　　　　4. すぐに [直に] 1 副 立刻

（ 4 ）㉑＿＿＿＿＿　あつく　なります。もう　なつですね。

    1. いろいろ [色々] 0 名 ナ形 各式各樣

    2. ゆっくりと 3 副 （動作）慢慢地

    3. いっしょに [一緒に] 0 副 一起

    4. だんだん [段々] 0 副 （變化）漸漸地

（ 2 ）㉒A：これは　あなたの　かばんですか。

    B：いいえ、＿＿＿＿＿。

    1. おわります：おわる [終わる] 0 自動 結束

    2. ちがいます：ちがう [違う] 0 自動 不對、不同

    3. かかります：かかる 2 自動 花費

    4. たちます：たつ [立つ] 1 自動 站

    4. たちます：たつ [建つ] 1 自動 蓋

（ 2 ）㉓わたしは　タイペイで　＿＿＿＿＿。

    1. おきました：おきる [起きる] 2 自動 起床

    2. うまれました：うまれる [生まれる] 0 自動 出生

    3. ねました：ねる [寝る] 0 自動 睡覺

    4. みました：みる [見る] 1 他動 看

（ 4 ）㉔A：＿＿＿＿＿　せんたくしませんでしたか。

    B：あめでしたから。

    1. どなた 1 疑 哪位

    2. どこ [何処] 1 疑 哪裡

    3. なに [何] 1 疑 什麼

    4. なぜ [何故] 1 疑 為何

あさごはん [朝ご飯] 3 名 早餐

いちにち [一日] 4 名 一天

いま [今] 1 名 現在

いもうと [妹] 4 名 舍妹

いもうとさん [妹さん] 0 名
尊稱別人的妹妹

いりぐち [入り口] 0 名 入口

うしろ [後ろ] 0 名 後面

おかあさん [お母さん] 2 名
尊稱自己或他人的母親

おじ [伯父/叔父] 0 名 自己的伯、
叔、姑、舅父

おとうさん [お父さん] 2 名
尊稱自己或他人的父親

おとこのこ [男の子] 3 名 男孩

おとな [大人] 0 名 大人

おなか [お腹] 0 名 腹部、肚子

おねえさん [お姉さん] 2 名
尊稱自己或他人的姊姊

おばあさん [お婆さん] 2 名
尊稱自己或他人的奶奶

おばさん [伯母さん/叔母さん]
0 名 尊稱自己或他人的伯、叔、
姑、舅母

◆おべんとう [お弁当] 0 名 便當

◆おんなのこ [女の子] 0 名 女孩

◆かいしゃ [会社] 0 名 公司

◆かた [方] 2 名 位，「ひと」的敬稱

◆かびん [花瓶] 0 名 花瓶

◆かみ [紙] 2 名 紙

◆かようび [火曜日] 2 名 星期二

◆きた [北] 0 名 北

◆きっさてん [喫茶店] 0 名 咖啡廳

◆ぎゅうにく [牛肉] 0 名 牛肉

◆きょうしつ [教室] 0 名 教室

◆くすり [薬] 0 名 藥

◆くち [口] 0 名 嘴巴

◆くつ [靴] 2 名 鞋子

◆くつした [靴下] 2 名 襪子

◆くもり [曇り] 3 名 陰天

◆げつようび [月曜日] 3 名 星期一

◆ご [五] 1 名 五

◆ごご [午後] 1 名 下午

◆ごぜん [午前] 1 名 上午

◆ことし [今年] 0 名 今年

考前衝刺

第四回

▶ 試題

▶ 解答

▶ 解析

▶ 考前4天
把這些重要的名詞都記起來吧！

試 題

(1) 選出正確答案

(　　) ①家族

1. がぞく　2. かそく　3. かぞく　4. かっぞく

(　　) ②学生

1. がくせい　2. かくせい　3. がくぜい　4. がっせい

(　　) ③牛乳

1. ぎゅうにゅ　2. ぎゅにゅう

3. ぎゅうにゅう　4. ぎゅにゅ

(　　) ④お皿

1. おざら　2. おそら　3. おさら　4. おきら

(　　) ⑤青

1. みどり　2. ちゃいろ　3. きいろ　4. あお

(　　) ⑥八百屋

1. やおや　2. いくや　3. やしお　4. かしお

(　　) ⑦駅

1. みき　2. かき　3. えき　4. いき

(　　) ⑧絵

1. ほん　2. えい　3. えき　4. え

(　　　) ⑨雑誌

    1. さっし　　2. ざっし　　3. ざっじ　　4. ざっき

(　　　) ⑩花

    1. はな　　2. しな　　3. ひな　　4. あな

(　　　) ⑪切符

    1. きっぷ　　2. きって　　3. きっく　　4. けっけ

(　　　) ⑫箱

    1. かこ　　2. はこ　　3. たこ　　4. せこ

(　　　) ⑬英語

    1. えいこ　　2. えいご　　3. えこ　　4. いちご

(　　　) ⑭七

    1. しな　　2. なな　　3. はな　　4. りな

(　　　) ⑮よにん

    1. 五人　　2. 二人　　3. 四人　　4. 一人

(　　　) ⑯毎月

    1. まいがつ　　2. まいつき　　3. まいづき　　4. まいけつ

(　　　) ⑰ひろい

    1. 広い　　2. 応い　　3. 庁い　　4. 丁い

(　　　) ⑱高い

    1. やすい　　2. まずい　　3. おそい　　4. たかい

（　　）⑲有名

    1. ゆうめい　　2. ゆめい　　　3. ゆめ　　　　4. ゆめい

（　　）⑳良く

    1. よく　　　　2. きく　　　　3. やく　　　　4. いく

（　　）㉑直に

    1. ただちに　　　　　　　　2. まっすぐに
    3. すぐに　　　　　　　　　4. はやめに

（　　）㉒はいって

    1. 反って　　　2. 出って　　　3. 入って　　　4. 行って

（　　）㉓でる

    1. 来る　　　　2. 見る　　　　3. 居る　　　　4. 出る

（　　）㉔誰

    1. だれ　　　　2. たれ　　　　3. たね　　　　4. たき

▼（2）填入正確單字

（　　）①かみに　あなたの　＿＿＿を　かきなさい。

    1. なまえ　　2. みんな　　3. ひと　　　4. おとこ

（　　）②＿＿＿が　いたいですから、やすみます。

    1. あたま　　2. こえ　　　3. びょうき　　4. じん

（　　）③あさごはんは　＿＿＿と　たまごです。

    1. バン　　　2. テン　　　3. ボン　　　4. パン

(　　) ④あまいのは _____ です。

     1. しお　　　2. カレー　　　3. しょうゆ　　4. さとう

(　　) ⑤ワイシャツの _____ は　おおいです。

     1. ボタン　　　2. バタン　　　3. ポタン　　　4. ボータン

(　　) ⑥わたしの _____ は　あのたてものの　にかいです。

     1. うち　　　2. ろうか　　　3. いえ　　　4. かいだん

(　　) ⑦その_____を　まっすぐ　いって　ください。

     1. みち　　　2. かど　　　3. いけ　　　4. くに

(　　) ⑧はしの _____ を　くるまが　はしります。

     1. うえ　　　2. へん　　　3. なか　　　4. あと

(　　) ⑨あなたの _____ で　しゃしんを　とって　ください。

     1. プール　　　2. カメラ　　　3. ギター　　　4. フォーク

(　　) ⑩ひまな　とき _____ を　のぼります。

     1. かぜ　　　2. そら　　　3. やま　　　4. うみ

(　　) ⑪デパートへ _____ に　いきます。

     1. びょうき　　2. かいもの　　3. コピー　　　4. かぜ

(　　) ⑫ねますから、_____ を　けしましょう。

     1. つくえ　　　2. でんき　　　3. でんわ　　　4. いす

(　　) ⑬_____で　よねんかん　べんきょうしました。

     1. あき　　　2. だいがく　　3. ほんだな　　4. けさ

(　　) ⑭なまえを　_____で　かみに　かきなさい。

    1. ほん　　　　2. ページ　　　3. ボールペン　4. じびき

(　　) ⑮_____に　なったら、もう　おとなです。

    1. はっき　　　2. こども　　　3. はがき　　　4. はたち

(　　) ⑯たんじょうびは　ごがつ_____です。

    1. じゅうきゅうにち　　　　2. じゅうきゅうか

    3. じゅうくにち　　　　　　4. じゅうくか

(　　) ⑰がっこうは　しゅうに　_____　いきます。

    1. ごねん　　2. いつか　　3. ごかげつ　4. とおか

(　　) ⑱きょうは　_____ので、プールに　ひとが　おおぜい
　　　　います。

    1. いたい　　2. うすい　　3. あつい　　4. ぬるい

(　　) ⑲A：このレストランは　_____ですか。

    B：いいえ、おいしくないです。

    1. はやい　　2. おいしい　　3. たのしい　　4. おもしろい

(　　) ⑳トイレは　_____では　ありません。

    1. へた　　　2. きれい　　3. ほんとう　4. げんき

(　　) ㉑A：おちゃを　もう　いっぱい　いかがですか。

    B：いいえ、もう　_____です。

    1. けっこう　2. きれい　　3. ほんとう　4. げんき

（　　　）㉒ きれいな　かさですね。どこで　＿＿＿か。

    1. かいました　　　　　　　　2. ぬぎました

    3. はりました　　　　　　　　4. ふきました

（　　　）㉓ あねは　がっこうに　＿＿＿。

    1. かりて　います　　　　　　2. つけて　います

    3. あびて　います　　　　　　4. つとめて　います

（　　　）㉔ テストが　ありますから、きのう　おそくまで　＿＿＿。

    1. りょこうしました　　　　　2. そうじしました

    3. けっこんしました　　　　　4. べんきょうしました

解答

（1）選出正確答案

① 3	② 1	③ 3	④ 3	⑤ 4	⑥ 1
⑦ 3	⑧ 4	⑨ 2	⑩ 1	⑪ 1	⑫ 2
⑬ 2	⑭ 2	⑮ 3	⑯ 2	⑰ 1	⑱ 4
⑲ 1	⑳ 1	㉑ 3	㉒ 3	㉓ 4	㉔ 1

（2）填入正確單字

① 1	② 1	③ 4	④ 4	⑤ 1	⑥ 3
⑦ 1	⑧ 1	⑨ 2	⑩ 3	⑪ 2	⑫ 2
⑬ 2	⑭ 3	⑮ 4	⑯ 3	⑰ 2	⑱ 3
⑲ 2	⑳ 2	㉑ 1	㉒ 1	㉓ 4	㉔ 4

解析

▌（1）選出正確答案

（　3　）①家族

       3. かぞく [家族] 1 名 家族、家人

（　1　）②学生

       1. がくせい [学生] 0 名 學生

（　3　）③牛乳

       3. ぎゅうにゅう [牛乳] 0 名 牛奶

（　3　）④お皿

       3. おさら [お皿] 0 名 盤子

（　4　）⑤青

       1. みどり [緑] 1 名 綠

       2. ちゃいろ [茶色] 0 名 褐色

       3. きいろ [黄色] 0 名 黃色

       4. あお [青] 1 名 藍

（　1　）⑥八百屋

       1. やおや [八百屋] 0 名 蔬果店

（　3　）⑦駅

       3. えき [駅] 1 名 車站

（ 4 ）⑧絵

    1. ほん [本] 1 名 書

    3. えき [駅] 1 名 車站

    4. え [絵] 1 名 繪畫

（ 2 ）⑨雑誌

    2. ざっし [雑誌] 0 名 雑誌

（ 1 ）⑩花

    1. はな [花] 2 名 花

    1. はな [鼻] 0 名 鼻子

（ 1 ）⑪切符

    1. きっぷ [切符] 0 名 票

    2. きって [切手] 0 名 郵票

（ 2 ）⑫箱

    2. はこ [箱] 0 名 箱子、盒子

（ 2 ）⑬英語

    2. えいご [英語] 0 名 英語

（ 2 ）⑭七

    2. しち / なな [七] 2 / 1 名 七

    3. はな [花] 2 名 花

    3. はな [鼻] 0 名 鼻子

（ 3 ）⑮よにん

    1. ごにん [五人] 2 **名** 五個人

    2. ふたり [二人] 3 **名** 二個人

    3. よにん [四人] 2 **名** 四個人

    4. ひとり [一人] 2 **名** 一個人

（ 2 ）⑯毎月

    2. まいつき / まいげつ [毎月] 0 / 1 **名** 每月

（ 1 ）⑰ひろい

    1. ひろい [広い] 2 **イ形** 寬廣的

（ 4 ）⑱高い

    1. やすい [安い] 2 **イ形** 便宜的

    2. まずい 2 **イ形** 難吃的

    3. おそい [遅い] 0 2 **イ形** 慢的

    4. たかい [高い] 2 **イ形** 貴的、高的

（ 1 ）⑲有名

    1. ゆうめい [有名] 0 **名 ナ形** 有名

（ 1 ）⑳良く

    1. よく [良く] 1 **副** 經常地、很

    2. きく [聞く] 0 **他動** 聽、問

    4. いく / ゆく [行く] 0 / 0 **自動** 去

（ 3 ）㉑直に

    2. まっすぐ [真っ直ぐ] 3 **副** 筆直、直接地

    3. すぐに [直に] 1 **副** 立刻

（　3　）㉒はいって

        3. 入って：はいる [入る] 1 自動 進入

        4. 行って：いく / ゆく [行く] 0 / 0 自動 去

（　4　）㉓でる

        1. くる [来る] 1 自動 來

        2. みる [見る] 1 他動 看

        3. いる [居る] 0 自動 （有生命的）在、有

        4. でる [出る] 1 自動 出去、離開

（　1　）㉔誰

        1. だれ [誰] 1 疑 誰

▶（2）填入正確單字

（　1　）①かみに　あなたの　＿＿＿を　かきなさい。

        1. なまえ [名前] 0 名 名字

        2. みんな [皆] / みなさん[皆さん] 3 2 名 大家、各位

        3. ひと [人] 0 名 人

        4. おとこ [男] 3 名 男人

（　1　）②＿＿＿が　いたいですから、やすみます。

        1. あたま [頭] 3 2 名 頭、腦筋

        2. こえ [声] 1 名 人類或動物發出的聲音、心聲

        3. びょうき [病気] 0 名 生病

        4. ～じん [～人] 名 ～人

（ 4 ）③あさごはんは ＿＿＿＿と たまごです。

    4. パン **1** 名 麵包

（ 4 ）④あまいのは ＿＿＿＿です。

    1. しお [塩] **2** 名 鹽

    2. カレー **0** 名 咖哩

    3. しょうゆ [醤油] **0** 名 醬油

    4. さとう [砂糖] **2** 名 砂糖

（ 1 ）⑤ワイシャツの ＿＿＿＿は おおいです。

    1. ボタン **0** 名 釦子、按鈕

（ 3 ）⑥わたしの ＿＿＿＿は あのたてものの にかいです。

    1. うち [家] **0** 名 家（指家庭）

    2. ろうか [廊下] **0** 名 走廊

    3. いえ [家] **2** 名 家（指房子）

    4. かいだん [階段] **0** 名 樓梯

（ 1 ）⑦その＿＿＿＿を まっすぐ いって ください。

    1. みち [道] **0** 名 路

    2. かど [角] **1** 名 角落、轉角

    3. いけ [池] **2** 名 池塘

    4. くに [国] **0** 名 國家

（ 1 ）⑧はしの ＿＿＿＿を くるまが はしります。

    1. うえ [上] **2** 名 上

    2. へん [辺] **0** 名 附近、這一帶

3. なか [中] 1 名 裡面

4. あと [後] 1 名 （時間方面的）以後

（ 2 ）⑨あなたの ＿＿＿＿＿で しゃしんを とって ください。

1. プール 1 名 游泳池

2. カメラ 1 名 相機

3. ギター 1 名 吉他

4. フォーク 1 名 叉子

（ 3 ）⑩ひまな とき ＿＿＿＿＿を のぼります。

1. かぜ [風] 0 名 風

1. かぜ [風邪] 0 名 感冒

2. そら [空] 1 名 天空

3. やま [山] 2 名 山

4. うみ [海] 1 名 海

（ 2 ）⑪デパートへ ＿＿＿＿＿に いきます。

1. びょうき [病気] 0 名 生病

2. かいもの [買い物] 0 名 購物

3. コピー 1 名 影印

4. かぜ [風] 0 名 風

4. かぜ [風邪] 0 名 感冒

（ 2 ）⑫ねますから、＿＿＿＿＿を けしましょう。

1. つくえ [机] 0 名 書桌

2. でんき [電気] 1 名 電燈

3. でんわ [電話] 0 名 電話

4. いす [椅子] 0 名 椅子

（ 2 ）⑬_____で　よねんかん　べんきょうしました。

    1. あき [秋] 1 名 秋天

    2. だいがく [大学] 0 名 大學

    3. ほんだな [本棚] 1 名 書架

    4. けさ [今朝] 1 名 今天早上

（ 3 ）⑭なまえを　_____で　かみに　かきなさい。

    1. ほん [本] 1 名 書

    2. ページ 0 名 頁數

    3. ボールペン 0 名 原子筆

    4. じびき [字引] 3 名 字典

（ 4 ）⑮_____に　なったら、もう　おとなです。

    2. こども [子供] 0 名 小孩

    3. はがき [葉書] 0 名 明信片

    4. はたち [二十歳] 1 名 二十歳

（ 3 ）⑯たんじょうびは　ごがつ_____です。

    3. じゅうくにち [十九日] 1 名 十九號、十九日

（ 2 ）⑰がっこうは　しゅうに　_____いきます。

    1. ごねん [五年] 0 名 五年

    2. いつか [五日] 3 0 名 五號、五日

    3. ごかげつ [五か月] 2 名 五個月

    4. とおか [十日] 0 名 十號、十日

（ 3 ）⑱きょうは ＿＿＿＿ので、プールに ひとが おおぜい

　　　います。

　　　1. いたい [痛い] 2 **イ形** 痛的

　　　2. うすい [薄い] 0 **イ形** 薄的

　　　3. あつい [暑い] 2 **イ形** （形容天氣）炎熱的

　　　3. あつい [厚い] 0 **イ形** 厚的

　　　3. あつい [熱い] 2 **イ形** （用於天氣以外）高溫的、熱情的

　　　4. ぬるい [温い] 2 **イ形** 溫的

（ 2 ）⑲A：このレストランは ＿＿＿＿ですか。

　　　B：いいえ、おいしくないです。

　　　1. はやい [早い] 2 **イ形** 早的

　　　1. はやい [速い] 2 **イ形** 快的

　　　2. おいしい [美味しい] 0 3 **イ形** 美味的

　　　3. たのしい [楽しい] 3 **イ形** 快樂的

　　　4. おもしろい [面白い] 4 **イ形** 有趣的

（ 2 ）⑳トイレは ＿＿＿＿では ありません。

　　　1. へた [下手] 2 **名** **ナ形** 不擅長、笨拙

　　　2. きれい [綺麗] 1 **ナ形** 漂亮、乾淨

　　　3. ほんとう [本当] 0 **名** **ナ形** 真正、實在

　　　4. げんき [元気] 1 **名** **ナ形** 有朝氣

（ 1 ）㉑A：おちゃを もう いっぱい いかがですか。

　　　B：いいえ、もう ＿＿＿＿です。

　　　1. けっこう [結構] 1 **副** **名** **ナ形** 夠了、很好、還可以

　　　2. きれい [綺麗] 1 **ナ形** 漂亮、乾淨

3. ほんとう [本当] 0 名 ナ形 真正、實在

4. げんき [元気] 1 名 ナ形 有朝氣

（ 1 ）㉒ きれいな　かさですね。どこで　_____　か。

1. かいました：かう [買う] 0 他動 買

2. ぬぎました：ぬぐ [脱ぐ] 1 他動 脱

3. はりました ：はる [貼る] 0 他動 貼

4. ふきました：ふく [吹く] 1 他動 吹

1 2 自動 （風）吹、刮

（ 4 ）㉓あねは　がっこうに　_____。

1. かりて　います：かりる [借りる] 0 他動 借入

2. つけて　います：つける 2 他動 打開（電器）

3. あびて　います：あびる [浴びる] 0 他動 淋浴

4. つとめて　います：つとめる [勤める] 3 他動 任職

（ 4 ）㉔テストが　ありますから、きのう　おそくまで　_____。

1. りょこうしました：りょこうする [旅行する] 0 自動 旅行

2. そうじしました：そうじする [掃除する] 0 他動 掃除

3. けっこんしました：けっこんする [結婚する] 0 自動 結婚

4. べんきょうしました：べんきょうする [勉強する] 0 他動

唸書、學習

◆ころ [頃] 1 名 時候

◆こんげつ [今月] 0 名 這個月

◆こんしゅう [今週] 0 名 這星期

◇こんばん [今晩] 1 名 今天晚上

◆さき [先] 0 名 前方、尖端

◇し / よん [四] 1 / 1 名 四

◇～じ [～時] 名 ～點

◇～じかん [～時間] 名 ～個小時

◆しち / なな [七] 2 / 1 名 七

◆しつもん [質問] 0 名 疑問

◇じどうしゃ [自動車] 2 0 名 汽車

◆じぶん [自分] 0 名 自己

◇～しゅうかん [～週間] 名 ～個星期

◇じゅぎょう [授業] 1 名 上課

◆そと [外] 1 名 外面

◇そば [側] 1 名 旁邊

◇～だい [～台] 名 （機器和車輛的）～台

◇たて [縦] 1 名 縱、直

◇たてもの [建物] 2 3 名 建築物

◆たんじょうび [誕生日] 3 名 生日

◆ついたち [一日] 4 名 一日

◆つぎ [次] 2 名 下一個

◆と [戸] 0 名 門

◆～ど [～度] 名 ～次

◆どうぶつ [動物] 0 名 動物

◆とき [時] 1 名 時候

◆とけい [時計] 0 名 鐘錶

◆とし [年] 2 名 年

◆とりにく [鶏肉] 0 名 雞肉

◆なつやすみ [夏休み] 3 名 暑假

◆にし [西] 0 名 西

◆～にち [～日] 名 ～號

◆にちようび [日曜日] 3 名 星期日

◆にわ [庭] 0 名 庭院

◆～にん [～人] 名 ～個人

◆～ねん [～年] 名 ～年

◆は [歯] 1 名 牙齒

◆～はい / ぱい / ばい [～杯] 名 ～杯

考前衝刺

第五回

▶ 試題

▶ 解答

▶ 解析

▶ 考前3天
把這些重要的名詞都記起來吧！

試 題

▌（1）選出正確答案

（　　）①友だち

      1. とみだち　　2. ともだち　　3. とめだち　　4. どもだち

（　　）②先生

      1. せんせえ　　2. せいせい　　3. せんぜい　　4. せんせい

（　　）③飲みもの

      1. のみもの　　2. みみもの　　3. たみもの　　4. うみもの

（　　）④箸

      1. ひし　　　　2. はし　　　　3. あし　　　　4. めし

（　　）⑤赤

      1. しろ　　　　2. いろ　　　　3. あか　　　　4. くろ

（　　）⑥店

      1. みち　　　　2. みせ　　　　3. みかん　　　4. みど

（　　）⑦電車

      1. ちかてつ　　2. でんしゃ　　3. くるま　　　4. えき

（　　）⑧歌

      1. えた　　　　2. うた　　　　3. いた　　　　4. きた

（　　）⑨てれび

      1. タレビ　　　2. テレビ　　　3. デレビ　　　4. レシビ

（　　）⑩魚
　　　　1. とり　　　　2. いぬ　　　　3. ねこ　　　　4. さかな

（　　）⑪鞄
　　　　1. かばん　　　2. かぼん　　　3. かめん　　　4. かひん

（　　）⑫てがみ
　　　　1. 手洗　　　　2. 手書　　　　3. 手紙　　　　4. 手取

（　　）⑬休み
　　　　1. やすみ　　　2. きゅうみ　　3. さんみ　　　4. しゅみ

（　　）⑭百
　　　　1. ちゃく　　　2. ひゃく　　　3. きゃく　　　4. しゃく

（　　）⑮いちど
　　　　1. 一度　　　　2. 一回　　　　3. 一階　　　　4. 一次

（　　）⑯昨夜
　　　　1. ゆうがた　　2. まいばん　　3. ゆうべ　　　4. なべ

（　　）⑰ながい
　　　　1. 車い　　　　2. 真い　　　　3. 高い　　　　4. 長い

（　　）⑱おおい
　　　　1. 速い　　　　2. 安い　　　　3. 多い　　　　4. 弱い

（　　）⑲元気
　　　　1. げんき　　　2. けんぎ　　　3. げんぎ　　　4. きけん

（　　）⑳時々

1. ときとき　2. いちいち　3. さまざま　4. ときどき

（　　）㉑また

1. 在　2. 有　3. 未　4. 又

（　　）㉒たちます

1. 立ちます　2. 充ちます　3. 克ちます　4. 打ちます

（　　）㉓居る

1. いる　2. くる　3. みる　4. ある

（　　）㉔何処

1. どご　2. とご　3. どこ　4. とこ

◤（2）填入正確單字

（　　）①＿＿＿は　がくせいですか。

1. わたくし　2. ひと

3. わたし　4. あなた

（　　）②タバコは　＿＿＿に　よくないです。

1. あし　2. からだ

3. せい　4. め

（　　）③＿＿＿を　たべます。

1. ご飯　2. ご反

3. ご犯　4. ご判

（　　　）④＿＿＿＿は　ぎゅうにゅうから　つくったものです。

    1. バター   2. こうちゃ

    3. おちゃ   4. カレー

（　　　）⑤＿＿＿＿の　なかに　あめが　あります。

    1. ボタン   2. スリッパ

    3. ポケット   4. スカート

（　　　）⑥＿＿＿＿を　あびます。

    1. シャワー   2. おふろ

    3. トイレ   4. だいどころ

（　　　）⑦＿＿＿＿を　さんぽします。

    1. こうえん   2. くに

    3. トイレ   4. ところ

（　　　）⑧うみの　＿＿＿＿は　にほんです。

    1. した   2. なか

    3. へん   4. むこう

（　　　）⑨みちが　わかりません。＿＿＿＿を　みます。

    1. ちず   2. フィルム

    3. ニュース   4. ホテル

（　　　）⑩もう　＿＿＿＿ですね。これから、さむくなります。

    1. ふゆ   2. ゆき

    3. はれ   4. なつ

(　　) ⑪_____を　ひきましたから、びょういんへ　いきます。

　　　　1. ゆき　　　　　　　　　　2. しごと

　　　　3. あめ　　　　　　　　　　4. かぜ

(　　) ⑫_____の　うえで　ねなさい。

　　　　1. テーブル　　　　　　　　2. ベッド

　　　　3. つくえ　　　　　　　　　4. いす

(　　) ⑬となりの　_____は　さんじゅうにん　います。

　　　　1. グラス　　　　　　　　　2. ほんだな

　　　　3. いす　　　　　　　　　　4. クラス

(　　) ⑭いみが　わかりませんから、_____を　ひきます。

　　　　1. じびき　　　　　　　　　2. えいご

　　　　3. つくえ　　　　　　　　　4. まんねんひつ

(　　) ⑮_____で　いくらですか。

　　　　1. せんふ　　　　　　　　　2. ぜぶ

　　　　3. ぜんぶ　　　　　　　　　4. ぜぶん

(　　) ⑯としの　はじめは　_____です。

　　　　1. いちがつ　　　　　　　　2. ろくがつ

　　　　3. くがつ　　　　　　　　　4. しがつ

(　　) ⑰うちから　えきまで　あるいて　_____ぐらいです。

　　　　1. じゅうふん　　　　　　　2. じゅうぶん

　　　　3. じゅふん　　　　　　　　4. じゅっぷん

（　　）⑱あのせんせいの　じゅぎょうは　＿＿＿＿です。

1. おもしろい　　　　　　　　2. あかい

3. すずしい　　　　　　　　　4. ほそい

（　　）⑲こどもは　＿＿＿＿　のみものが　すきです。

1. あまい　　　　　　　　　　2. からい

3. ふるい　　　　　　　　　　4. やさしい

（　　）⑳くすりを　のみましたから、もう　＿＿＿＿です。

1. だいじょうぶ　　　　　　　2. たいせつ

3. じょうず　　　　　　　　　4. べんり

（　　）㉑スーパーで　ものを　＿＿＿＿　かいました。

1. だいじょうぶ　　　　　　　2. たいせつ

3. たくさん　　　　　　　　　4. べんり

（　　）㉒かいしゃの　せんぱいから　おみやげを　＿＿＿＿。

1. あげました　　　　　　　　2. いただきました

3. かぶりました　　　　　　　4. うたいました

（　　）㉓あつく　なりましたから、まどを　＿＿＿＿　ください。

1. あけて　　　　　　　　　　2. つけて

3. いれて　　　　　　　　　　4. ならべて

（　　）㉔しゅうに　いっかい　へやを　＿＿＿＿。

1. そうじします　　　　　　　2. べんきょうします

3. コピーします　　　　　　　4. します

解答

▌（1）選出正確答案

① 2	② 4	③ 1	④ 2	⑤ 3	⑥ 2
⑦ 2	⑧ 2	⑨ 2	⑩ 4	⑪ 1	⑫ 3
⑬ 1	⑭ 2	⑮ 1	⑯ 3	⑰ 4	⑱ 3
⑲ 1	⑳ 4	㉑ 4	㉒ 1	㉓ 1	㉔ 3

▌（2）填入正確單字

① 4	② 2	③ 1	④ 1	⑤ 3	⑥ 1
⑦ 1	⑧ 4	⑨ 1	⑩ 1	⑪ 4	⑫ 2
⑬ 4	⑭ 1	⑮ 3	⑯ 1	⑰ 4	⑱ 1
⑲ 1	⑳ 1	㉑ 3	㉒ 2	㉓ 1	㉔ 1

解析

▶（**1**）選出正確答案

（　2　）①友だち

　　　　2. ともだち [友達] 0 名 朋友

（　4　）②先生

　　　　4. せんせい [先生] 3 名 老師

（　1　）③飲みもの

　　　　1. のみもの [飲み物] 3 2 名 飲料

（　2　）④箸

　　　　2. はし [箸] 1 名 筷子

　　　　2. はし [橋] 2 名 橋樑

　　　　3. あし [足] 2 名 脚、脚程

（　3　）⑤赤

　　　　1. しろ [白] 1 名 白

　　　　2. いろ [色] 2 名 顔色

　　　　3. あか [赤] 1 名 紅

　　　　4. くろ [黒] 1 名 黑

（　2　）⑥店

　　　　1. みち [道] 0 名 路

　　　　2. みせ [店] 2 名 商店

（ 2 ）⑦電車

     1. ちかてつ [地下鉄] 0 名 地下鐵

     2. でんしゃ [電車] 0 1 名 電車

     3. くるま [車] 0 名 車子

     4. えき [駅] 1 名 車站

（ 2 ）⑧歌

     2. うた [歌] 2 名 歌

（ 2 ）⑨てれび

     2. テレビ 1 名 電視

（ 4 ）⑩魚

     1. とり [鳥] 0 名 鳥、雞

     2. いぬ [犬] 2 名 狗

     3. ねこ [猫] 1 名 貓

     4. さかな [魚] 0 名 魚

（ 1 ）⑪鞄

     1. かばん [鞄] 0 名 皮包、袋子

（ 3 ）⑫てがみ

     3. てがみ [手紙] 0 名 信

（ 1 ）⑬休み

     1. やすみ [休み] 3 名 休息、休假

（ 2 ）⑭百

     2. ひゃく [百] 2 名 百

（　1　）⑮いちど

    1. いちど [一度] 3 名 一次

    2. いっかい [一回] 3 0 名 一回

    3. いっかい [一階] 0 名 一樓

（　3　）⑯昨夜

    1. ゆうがた [夕方] 0 名 傍晚

    2. まいばん [毎晩] 1 0 名 每晚

    3. ゆうべ [昨夜] 3 名 昨晚

（　4　）⑰ながい

    3. たかい [高い] 2 イ形 高的

    4. ながい [長い] 2 イ形 長的

（　3　）⑱おおい

    1. はやい [速い] 2 イ形 快的

    2. やすい [安い] 2 イ形 便宜的

    3. おおい [多い] 1 2 イ形 多的

    4. よわい [弱い] 2 イ形 弱的

（　1　）⑲元気

    1. げんき [元気] 1 名 ナ形 有朝氣

（　4　）⑳時々

    2. いちいち [一一] 2 副 一一、全都

    4. ときどき [時々] 0 副 偶爾地

（ 4 ） ㉑また

    1. ある [在る] 1 自動 （存）在

    2. ある [有る] 1 自動 （擁）有

    3. まだ [未だ] 1 副 尚未

    4. また [又] 0 副 再

（ 1 ） ㉒たちます

    1. 立ちます：たつ [立つ] 1 自動 站

（ 1 ） ㉓居る

    1. いる [居る] 0 自動 （有生命的）在、有

    2. くる [来る] 1 自動 來

    3. みる [見る] 1 他動 看

    4. ある [在る] 1 自動 （存）在

    4. ある [有る] 1 自動 （擁）有

（ 3 ） ㉔何処

    3. どこ [何処] 1 疑 哪裡

▆（2）填入正確單字

（ 4 ） ①_____は　がくせいですか。

    1. わたくし [私] 0 名 我，「わたし」的謙稱，禮貌用法

    2. ひと [人] 0 名 人

    3. わたし [私] 0 名 我

    4. あなた [貴方] 2 名 你、妳

（２）②タバコは ＿＿＿に よくないです。

    1. あし [足] 2 名 脚、腳程

    2. からだ [体] 0 名 身體、軀幹

    3. せい [背] 1 名 身高

    4. め [目] 1 名 眼睛

（１）③＿＿＿を たべます。

    1. ごはん [ご飯] 1 名 飯

（１）④＿＿＿は ぎゅうにゅうから つくったものです。

    1. バター 1 名 奶油

    2. こうちゃ [紅茶] 0 名 紅茶

    3. おちゃ [お茶] 0 名 茶

    4. カレー 0 名 咖哩

（３）⑤＿＿＿の なかに あめが あります。

    1. ボタン 0 名 釦子、按鈕

    2. スリッパ 2 名 拖鞋

    3. ポケット 2 1 名 口袋

    4. スカート 2 名 裙子

（１）⑥＿＿＿を あびます。

    1. シャワー 1 名 淋浴

    2. おふろ [お風呂] 2 名 浴室

    3. トイレ 1 名 廁所

    4. だいどころ [台所] 0 名 廚房

（ １ ）⑦＿＿＿＿を　さんぽします。

  1. こうえん [公園] 0 名 公園

  2. くに [国] 0 名 國家

  3. トイレ 1 名 廁所

  4. ところ [所] 0 名 地方

（ ４ ）⑧うみの　＿＿＿＿は　にほんです。

  1. した [下] 2 名 下

  2. なか [中] 1 名 裡面

  3. へん [辺] 0 名 附近、這一帶

  4. むこう [向こう] 2 0 名 對面

（ １ ）⑨みちが　わかりません。＿＿＿＿を　みます。

  1. ちず [地図] 1 名 地圖

  2. フィルム 1 0 名 底片

  3. ニュース 1 名 新聞、消息

  4. ホテル 1 名 飯店、旅館

（ １ ）⑩もう　＿＿＿＿ですね。これから、さむくなります。

  1. ふゆ [冬] 2 名 冬

  2. ゆき [雪] 2 名 雪

  3. はれ [晴れ] 2 名 晴天

  4. なつ [夏] 2 名 夏

（ ４ ）⑪＿＿＿＿を　ひきましたから、びょういんへ　いきます。

  1. ゆき [雪] 2 名 雪

  2. しごと [仕事] 0 名 工作

3. あめ [雨] 1 名 雨天

3. あめ [飴] 0 名 糖果

4. かぜ [風] 0 名 風

4. かぜ [風邪] 0 名 感冒

（ 2 ）⑫＿＿＿＿の　うえで　ねなさい。

    1. テーブル 0 名 桌子

    2. ベッド 1 名 床

    3. つくえ [机] 0 名 書桌

    4. いす [椅子] 0 名 椅子

（ 4 ）⑬となりの　＿＿＿＿は　さんじゅうにん　います。

    2. ほんだな [本棚] 1 名 書架

    3. いす [椅子] 0 名 椅子

    4. クラス 1 名 班級

（ 1 ）⑭いみが　わかりませんから、＿＿＿＿を　ひきます。

    1. じびき [字引] 3 名 字典

    2. えいご [英語] 0 名 英語

    3. つくえ [机] 0 名 書桌

    4. まんねんひつ [万年筆] 3 名 鋼筆

（ 3 ）⑮＿＿＿＿で　いくらですか。

    3. ぜんぶ [全部] 1 名 全部

（ 1 ）⑯としの　はじめは　＿＿＿＿です。

    1. いちがつ [一月] 4 名 一月

    2. ろくがつ [六月] 4 名 六月

3. くがつ [九月] 1 名 九月

4. しがつ [四月] 3 名 四月

（ 4 ）⑰うちから　えきまで　あるいて　_____ぐらいです。

4. じゅっぷん [十分] 1 名 十分鐘

（ 1 ）⑱あのせんせいの　じゅぎょうは　_____です。

1. おもしろい [面白い] 4 イ形 有趣的

2. あかい [赤い] 0 イ形 紅的

3. すずしい [涼しい] 3 イ形 涼爽的

4. ほそい [細い] 2 イ形 瘦的、細的

（ 1 ）⑲こどもは　_____のみものが　すきです。

1. あまい [甘い] 0 イ形 甜的

2. からい [辛い] 2 イ形 辣的

3. ふるい [古い] 2 イ形 舊的

4. やさしい [易しい] 0 3 イ形 簡單的

（ 1 ）⑳くすりを　のみましたから、もう　_____です。

1. だいじょうぶ [大丈夫] 3 ナ形 沒問題

2. たいせつ [大切] 0 ナ形 重要

3. じょうず [上手] 3 名 ナ形 擅長

4. べんり [便利] 1 名 ナ形 方便

（ 3 ）㉑スーパーで　ものを　_____かいました。

1. だいじょうぶ [大丈夫] 3 ナ形 沒問題

2. たいせつ [大切] 0 ナ形 重要

3. たくさん 3 副 名 ナ形 很多

4. べんり [便利] 1 名 ナ形 方便

（ 2 ）㉒かいしゃの　せんぱいから　おみやげを ＿＿＿＿＿。

1. あげました ：あげる [上げる] 0 他動 送、給

2. いただきました：いただく [頂く] 0 他動 受領

（「もらう」（得到）的敬語）

3. かぶりました：かぶる [被る] 2 他動 戴

4. うたいました：うたう [歌う] 0 他動 唱歌

（ 1 ）㉓あつく　なりましたから、まどを ＿＿＿＿＿ ください。

1. あけて：あける [開ける] 0 他動 打開

2. つけて：つける 2 他動 打開（電器）

3. いれて：いれる [入れる] 0 他動 打開（電源）、裝入、

泡（茶）

4. ならべて：ならべる [並べる] 0 他動 排列

（ 1 ）㉔しゅうに　いっかい　へやを ＿＿＿＿＿。

1. そうじします：そうじする [掃除する] 0 他動 掃除

2. べんきょうします：べんきょうする [勉強する] 0 他動

唸書、學習

3. コピーします：コピーする 1 他動 影印

4. します：する 0 他動 做

◇ はじめ [初め / 始め] 0 名 最初、開始

◇ はなし [話] 3 名 話

◇ ばん [晩] 0 名 晚上（須和其他字連用）

◇ ～ばん [～番] 名 ～號

◇ ばんごはん [晩ご飯] 3 名 晚餐

◇ ひがし [東] 0 名 東

◇ ～ひき / ぴき / びき [～匹] 名 （小動物、魚和昆蟲的）～隻

◇ ひだり [左] 0 名 左

◇ ひとつ [一つ] 2 名 一個

◇ ひとつき [一月] 2 名 一個月

◇ ひらがな [平仮名] 3 名 平假名

◇ ひる [昼] 2 名 中午

◇ ひるごはん [昼ご飯] 3 名 午餐

◇ ぶたにく [豚肉] 0 名 豬肉

◇ ～ふん / ぷん [～分] 名 ～分、～分鐘

◇ へや [部屋] 2 名 房間

◇ べんきょう [勉強] 0 名 學習、用功

◇ ほか [他] 0 名 其他

◆ ～ほん / ぽん / ぼん [～本] 名 （尖而長的東西的）～枝、～瓶

◆ ～まい [～枚] 名 （薄或扁平的東西的）～張、～件

◆ まいにち [毎日] 1 名 每天

◆ まど [窓] 1 名 窗戶

◆ みぎ [右] 0 名 右

◆ みなみ [南] 0 名 南

◆ むら [村] 2 名 村子

◆ めがね [眼鏡] 1 名 眼鏡

◆ もの [物] 2 名 東西

◆ もん [門] 1 名 門

◆ もんだい [問題] 0 名 問題

◆ ゆうがた [夕方] 0 名 傍晚

◆ よこ [横] 0 名 橫、旁邊

◆ よる [夜] 1 名 晚上

◆ りょうり [料理] 1 名 料理

◆ りょこう [旅行] 0 名 旅行

◆ れい 1 名 零

◆ れんしゅう [練習] 0 名 練習

考前衝刺
第六回

▶ 試題

▶ 解答

▶ 解析

▶ 考前2天
把這些重要的外來語、打招呼用語
都記起來吧！

試　題

■ （1）選出正確答案

（　　）①母

　　　　1. おば　　　　2. あね　　　　3. はは　　　　4. ちち

（　　）②医者

　　　　1. いしゃ　　　2. いしょ　　　3. いじょ　　　4. いじゃ

（　　）③くすり

　　　　1. 楽　　　　　2. 菓　　　　　3. 専　　　　　4. 薬

（　　）④茶碗

　　　　1. ちゃわん　2. ちやわん　　3. しゃわん　　4. ちゃわ

（　　）⑤白

　　　　1. じろ　　　　2. しろ　　　　3. くろ　　　　4. あか

（　　）⑥病院

　　　　1. びょういん　2. びょいん　　3. びょういん　4. びよいん

（　　）⑦車

　　　　1. だるま　　　2. ぐるま　　　3. とろま　　　4. くるま

（　　）⑧音楽

　　　　1. おいがく　　2. おんかく　　3. おんがく　　4. かくおん

（　　）⑨新聞

　　　　1. ひんぶん　　2. じんぶん　　3. ちんぶん　　4. しんぶん

(　　　) ⑩木

1. はな　　　　2. もり　　　　3. き　　　　4. はやし

(　　　) ⑪傘

1. あさ　　　　2. かさ　　　　3. けさ　　　　4. よさ

(　　　) ⑫番号

1. はんこう　　2. ばんご　　　3. はんこ　　　4. ばんごう

(　　　) ⑬宿題

1. じゅくだい　2. しょくだい　3. しゅくたい　4. しゅくだい

(　　　) ⑭まん

1. 千　　　　　2. 半　　　　　3. 方　　　　　4. 万

(　　　) ⑮さんだい

1. 三冊　　　　2. 三匹　　　　3. 三枚　　　　4. 三台

(　　　) ⑯今日

1. きょう　　　2. あした　　　3. おととい　　4. あさって

(　　　) ⑰おおきい

1. 久きい　　　2. 大きい　　　3. 夕きい　　　4. 名きい

(　　　) ⑱ふるい

1. 古い　　　　2. 遠い　　　　3. 軽い　　　　4. 重い

(　　　) ⑲大変

1. おおへん　　2. たいせつ　　3. たいへん　　4. だいじ

(　) ⑳初めて

    1. はじめて　2. ひきめて　3. はつめて　4. ふしめて

(　) ㉑一緒に

    1. いっじょに 2. いっしょに 3. いちしょに 4. いっしょうに

(　) ㉒終わりました

    1. まわりました   2. かわりました

    3. さわりました   4. おわりました

(　) ㉓寝る

    1. ぬる   2. わる   3. ねる   4. まる

(　) ㉔なん

    1. 便   2. 使   3. 何   4. 付

▼（2）填入正確單字

(　) ①＿＿＿の　きょうだいは　あにと　おとうとです。

    1. からだ   2. おんな

    3. あなた   4. おとこ

(　) ②みなさん　おおきい　＿＿＿で　うたいましょう。

    1. からだ   2. えき

    3. みみ   4. こえ

(　) ③みかんは　＿＿＿です。

    1. やさい   2. にく

    3. くだもの   4. おかし

（　　　）④ゆでたまごに ＿＿＿を　つけて　たべます。

    1. こうちゃ　　　　　　　　2. コーヒー

    3. ぎゅうにゅう　　　　　　4. しお

（　　　）⑤いえでは ＿＿＿を　はいて　ください。

    1. ぼうし　　　　　　　　　2. スリッパ

    3. うわぎ　　　　　　　　　4. スカート

（　　　）⑥＿＿＿で　にかいへ　いきます。

    1. ドア　　　　　　　　　　2. もん

    3. まど　　　　　　　　　　4. エレベーター

（　　　）⑦＿＿＿の　レストランは　おいしいです。

    1. ところ　　　　　　　　　2. はし

    3. かど　　　　　　　　　　4. みち

（　　　）⑧かいしゃは　ぎんこうの ＿＿＿です。

    1. なか　　　　　　　　　　2. となり

    3. かど　　　　　　　　　　4. みち

（　　　）⑨ひこうきで ＿＿＿へ　いきます。

    1. ちず　　　　　　　　　　2. まえ

    3. がいこく　　　　　　　　4. えいが

（　　　）⑩もう ＿＿＿ですね。これから、あたたかく　なります。

    1. はる　　　　　　　　　　2. ゆき

    3. はれ　　　　　　　　　　4. なつ

(　　) ⑪＿＿＿＿　おめでとう　ございます。

  1. びょういん   2. コピー

  3. けっこん   4. かいもの

(　　) ⑫たべものを　＿＿＿＿に　いれて　ください。

  1. つくえ   2. でんわ

  3. でんき   4. れいぞうこ

(　　) ⑬いっしょに　＿＿＿＿で　べんきょうしましょう。

  1. ほんだな   2. ポスト

  3. としょかん   4. えいがかん

(　　) ⑭＿＿＿＿が　なんまい　ありますか。

  1. ペン   2. じしょ

  3. かみ   4. ノート

(　　) ⑮このテストは　りんさんが　＿＿＿＿です。

  1. ぜんぶ   2. いちばん

  3. はんぶん   4. やっつ

(　　) ⑯ぎんこうは　＿＿＿＿からです。

  1. きじ   2. くじ

  3. にち   4. がつ

(　　) ⑰がっこうは　しゅうに　＿＿＿＿いきます。

  1. ごねん   2. いつか

  3. ごかげつ   4. とおか

（　　）⑱_____ですから、まどを　しめましょう。

    1. さむい　　　　　　　　　　　2. つめたい

    3. よい　　　　　　　　　　　　4. いそがしい

（　　）⑲_____ りょうりが　すきですか。

    1. からい　　　　　　　　　　　2. あおい

    3. おおい　　　　　　　　　　　4. ひくい

（　　）⑳はは　りょうりが　_____です。

    1. べんり　　　　　　　　　　　2. おなじ

    3. しずか　　　　　　　　　　　4. じょうず

（　　）㉑もう　_____ ほしいです。

    1. べんり　　　　　　　　　　　2. おなじ

    3. しずか　　　　　　　　　　　4. ちょっと

（　　）㉒とても　さむいから、ぼうしを　_____。

    1. はいりましょう　　　　　　　2. はきましょう

    3. かぶりましょう　　　　　　　4. きましょう

（　　）㉓タクシーに　かさを　_____。

    1. しめました　　　　　　　　　2. わすれました

    3. あびました　　　　　　　　　4. おしえました

（　　）㉔また　あそびに　_____ ください。

    1. さんぽして　　　　　　　　　2. きて

    3. かえって　　　　　　　　　　4. せんたくして

解答

▶（1）選出正確答案

① 3	② 1	③ 4	④ 1	⑤ 2	⑥ 3
⑦ 4	⑧ 3	⑨ 4	⑩ 3	⑪ 2	⑫ 4
⑬ 4	⑭ 4	⑮ 4	⑯ 1	⑰ 2	⑱ 1
⑲ 3	⑳ 1	㉑ 2	㉒ 4	㉓ 3	㉔ 3

▶（2）填入正確單字

① 4	② 4	③ 3	④ 4	⑤ 2	⑥ 4
⑦ 3	⑧ 2	⑨ 3	⑩ 1	⑪ 3	⑫ 4
⑬ 3	⑭ 3	⑮ 2	⑯ 2	⑰ 2	⑱ 1
⑲ 1	⑳ 4	㉑ 4	㉒ 3	㉓ 2	㉔ 2

解析

▚（1）選出正確答案

（ 3 ）①母

    1. おば [伯母 / 叔母] 0 名 自己的伯、叔、姑、舅母

    2. あね [姉] 0 名 家姉

    3. はは [母] 1 名 家母

    4. ちち [父] 1 名 家父

（ 1 ）②医者

    1. いしゃ [医者] 0 名 醫生

（ 4 ）③くすり

    4. くすり [薬] 0 名 藥

（ 1 ）④茶碗

    1. ちゃわん [茶碗] 0 名 碗

（ 2 ）⑤白

    2. しろ [白] 1 名 白

    3. くろ [黒] 1 名 黑

    4. あか [赤] 1 名 紅

（ 3 ）⑥病院

    3. びょういん [病院] 0 名 醫院

（　4　）⑦車

      4. くるま [車] 0 名 車子

（　3　）⑧音楽

      3. おんがく [音楽] 1 名 音樂

（　4　）⑨新聞

      4. しんぶん [新聞] 0 名 報紙

（　3　）⑩木

      1. はな [鼻] 0 名 鼻子

      1. はな [花] 2 名 花

      3. き [木] 1 名 樹

（　2　）⑪傘

      1. あさ [朝] 1 名 早上

      2. かさ [傘] 1 名 雨傘

      3. けさ [今朝] 1 名 今天早上

（　4　）⑫番号

      4. ばんごう [番号] 3 名 號碼

（　4　）⑬宿題

      4. しゅくだい [宿題] 0 名 作業

（　4　）⑭まん

      1. せん [千] 1 名 千

      2. はん [半] 1 名 半小時

3. かた [方] 2 名 位，「ひと」的敬稱

3. ほう [方] 1 名 方向、那方面

4. まん [万] 1 名 萬

（ 4 ）⑮さんだい

1. さんさつ [三冊] 1 名 （書和筆記本的）三本

2. さんびき [三匹] 1 名 （小動物、魚和昆蟲的）三隻

3. さんまい [三枚] 1 名 （薄或扁平的東西的）三張、三件

4. さんだい [三台] 1 名 （機器和車輛的）三台

（ 1 ）⑯今日

1. きょう [今日] 1 名 今天

2. あした [明日] 3 名 明天

3. おととい [一昨日] 3 名 前天

4. あさって [明後日] 2 名 後天

（ 2 ）⑰おおきい

2. おおきい [大きい] 3 イ形 大的

（ 1 ）⑱ふるい

1. ふるい [古い] 2 イ形 舊的

2. とおい [遠い] 0 イ形 遠的

3. かるい [軽い] 0 イ形 輕的

4. おもい [重い] 0 イ形 重的

（ 3 ）⑲大変

2. たいせつ [大切] 0 ナ形 重要

3. たいへん [大変] 0 名 ナ形 副 不容易、費力、非常地

（ 1 ）⑳初めて

1. はじめて [初めて] 2 副 第一次

（ 2 ）㉑一緒に

2. いっしょに [一緒に] 0 副 一起

（ 4 ）㉒終わりました

4. おわりました：おわる [終わる] 0 自動 結束

（ 3 ）㉓寝る

3. ねる [寝る] 0 自動 睡覺

（ 3 ）㉔なん

3. なん [何] 1 疑 什麼

◤（2）填入正確單字

（ 4 ）①_____の　きょうだいは　あにと　おとうとです。

1. からだ [体] 0 名 身體、軀幹
2. おんな [女] 3 名 女人
3. あなた [貴方] 2 名 你、妳
4. おとこ [男] 3 名 男人

（ 4 ）②みなさん　おおきい　_____で　うたいましょう。

1. からだ [体] 0 名 身體、軀幹
2. えき [駅] 1 名 車站
3. みみ [耳] 2 名 耳朵、聽力
4. こえ [声] 1 名 人類或動物發出的聲音、心聲

（ 3 ）③みかんは ＿＿＿＿です。

　　　　1. やさい [野菜] 0 名 蔬菜

　　　　2. にく [肉] 2 名 肉

　　　　3. くだもの [果物] 2 名 水果

　　　　4. おかし [お菓子] 2 名 點心

（ 4 ）④ゆでたまごに ＿＿＿＿を　つけて　たべます。

　　　　1. こうちゃ [紅茶] 0 名 紅茶

　　　　2. コーヒー 3 名 咖啡

　　　　3. ぎゅうにゅう [牛乳] 0 名 牛奶

　　　　4. しお [塩] 2 名 鹽

（ 2 ）⑤いえでは ＿＿＿＿を　はいて　ください。

　　　　1. ぼうし [帽子] 0 名 帽子

　　　　2. スリッパ 2 名 拖鞋

　　　　3. うわぎ [上着] 0 名 上衣、外衣

　　　　4. スカート 2 名 裙子

（ 4 ）⑥＿＿＿＿で　にかいへ　いきます。

　　　　1. ドア 1 名 門

　　　　2. もん [門] 1 名 門

　　　　3. まど [窓] 1 名 窗戶

　　　　4. エレベーター 3 名 電梯

（ 3 ）⑦＿＿＿＿の　レストランは　おいしいです。

　　　　1. ところ [所] 0 名 地方

　　　　2. はし [橋] 2 名 橋樑

2. はし [箸] 1 名 筷子

3. かど [角] 1 名 角落、轉角

4. みち [道] 0 名 路

（ 2 ）⑧かいしゃは　ぎんこうの　_____です。

1. なか [中] 1 名 裡面

2. となり [隣] 0 名 隔壁

3. かど [角] 1 名 角落、轉角

4. みち [道] 0 名 路

（ 3 ）⑨ひこうきで　_____へ　いきます。

1. ちず [地図] 1 名 地圖

2. まえ [前] 1 名 前面

3. がいこく [外国] 0 名 外國

4. えいが [映画] 0 名 電影

（ 1 ）⑩もう　_____ですね。これから、あたたかく　なります。

1. はる [春] 1 名 春天

2. ゆき [雪] 2 名 雪

3. はれ [晴れ] 2 名 晴天

4. なつ [夏] 2 名 夏天

（ 3 ）⑪_____　おめでとう　ございます。

1. びょういん [病院] 0 名 醫院

2. コピー 1 名 影印

3. けっこん [結婚] 0 名 結婚

4. かいもの [買い物] 0 名 購物

（　4　）⑫たべものを ＿＿＿＿ に いれて ください。

　　　　　1. つくえ [机] ０ 名 書桌

　　　　　2. でんわ [電話] ０ 名 電話

　　　　　3. でんき [電気] １ 名 電燈

　　　　　4. れいぞうこ [冷蔵庫] ３ 名 冰箱

（　3　）⑬いっしょに ＿＿＿＿ で べんきょうしましょう。

　　　　　1. ほんだな [本棚] １ 名 書架

　　　　　2. ポスト １ 名 郵筒

　　　　　3. としょかん [図書館] ２ 名 圖書館

　　　　　4. えいがかん [映画館] ３ 名 電影院

（　3　）⑭＿＿＿＿ が なんまい ありますか。

　　　　　1. ペン １ 名 鋼筆

　　　　　2. じしょ [辞書] １ 名 辭典

　　　　　3. かみ [紙] ２ 名 紙

　　　　　4. ノート １ 名 筆記本

（　2　）⑮このテストは りんさんが ＿＿＿＿です。

　　　　　1. ぜんぶ [全部] １ 名 全部

　　　　　2. いちばん [一番] ２ 名 第一、最好

　　　　　3. はんぶん [半分] ３ 名 一半

　　　　　4. やっつ [八つ] ３ 名 八個

（　2　）⑯ぎんこうは ＿＿＿＿からです。

　　　　　2. くじ [九時] １ 名 九點

　　　　　3. 〜にち [〜日] 名 〜號、〜日

　　　　　4. 〜がつ [〜月] 名 〜月

（ 2 ）⑰がっこうは　しゅうに　＿＿＿＿いきます。

    1. ごねん [五年] 0 名 五年

    2. いつか [五日] 3 0 名 五號、五日

    3. ごかげつ [五か月] 2 名 五個月

    4. とおか [十日] 0 名 十號、十日

（ 1 ）⑱＿＿＿＿ですから、まどを　しめましょう。

    1. さむい [寒い] 2 イ形 寒冷的

    2. つめたい [冷たい] 0 イ形 （用於天氣以外）冰冷的

    3. いい / よい [良い] 1 1 イ形 好的

    4. いそがしい [忙しい] 4 イ形 忙的

（ 1 ）⑲＿＿＿＿　りょうりが　すきですか。

    1. からい [辛い] 2 イ形 辣的

    2. あおい [青い] 2 イ形 藍的

    3. おおい [多い] 1 2 イ形 多的

    4. ひくい [低い] 2 イ形 矮的

（ 4 ）⑳ははは　りょうりが　＿＿＿＿です。

    1. べんり [便利] 1 名 ナ形 方便

    2. おなじ [同じ] 0 ナ形 相同

    3. しずか [静か] 1 ナ形 安靜

    4. じょうず [上手] 3 名 ナ形 擅長

（ 4 ）㉑もう　＿＿＿＿　ほしいです。

    1. べんり [便利] 1 名 ナ形 方便

    2. おなじ [同じ] 0 ナ形 相同

3. しずか [静か] 1 ナ形 安靜

4. ちょっと 1 副 一點點、一下下

（ 3 ）㉒とても　さむいから、ぼうしを　＿＿＿＿＿。

1. はいりましょう：はいる [入る] 1 自動 進入

2. はきましょう：はく [履く] 0 他動 穿鞋

2. はきましょう：はく [穿く] 0 他動 穿（褲、裙）

3. かぶりましょう：かぶる [被る] 2 他動 戴

4. きましょう：くる [来る] 1 自動 來

（ 2 ）㉓タクシーに　かさを　＿＿＿＿＿。

1. しめました：しめる [閉める] 2 他動 關閉（門窗）

1. しめました：しめる [締める] 2 他動 繫、綁

2. わすれました：わすれる [忘れる] 0 他動 忘記

3. あびました：あびる [浴びる] 0 他動 淋浴

4. おしえました：おしえる [教える] 0 他動 教導

（ 2 ）㉔また　あそびに　＿＿＿＿＿　ください。

1. さんぽして：さんぽする [散歩する] 0 自動 散步

2. きて：くる [来る] 1 自動 來

3. かえって：かえる [帰る] 1 自動 回去

4. せんたくして：せんたくする [洗濯する] 0 他動 洗滌

外來語

◇〜キログラム 名 〜公斤

◇〜キロメートル 名 〜公里

◇〜メートル 名 〜公尺

◇アパート 2 名 公寓

◇カップ 1 名 杯子

◇カレンダー 2 名 月曆

◆コート 1 名 大衣

◇コップ 0 名 玻璃杯

◇シャツ 1 名 襯衫

◇ストーブ 2 名 暖爐

◇セーター 1 名 毛衣

◇ゼロ 1 名 零

◇ネクタイ 1 名 領帶

◇レストラン 1 名 餐廳

◇ワイシャツ 0 名 Y領襯衫

打招呼用語

◇おはよう　ございます。早安。

◇こんにちは。 午安。

◇こんばんは。 晚安。

◇おやすみなさい。
（睡覺前）晚安。

◆どうも　ありがとう　ございます
/ございました。 謝謝您。

◆ありがとう。 謝謝。

◆（いいえ）どういたしまして。
（不，）不客氣。

◆ごめんなさい。 抱歉。

◆すみません。 對不起。

◆はじめまして。 初次見面。

◆（どうぞ）よろしく。 請多指教。

◆おねがいします。 拜託（您）。

◆こちらこそ。 彼此彼此。

◆ごめん　ください。
（進門前）有人在嗎？

◆いらっしゃい（ませ）。
歡迎（歡迎您）。

◆しつれいします/しつれいしまし
た。 打擾（打擾了）。

◆いただきます。
（用餐前說）開動了。

◆ごちそうさま（でした）。
（用餐後說）謝謝招待。

◆さようなら。 再見。

◆では、また。（和熟人說）再見。

◆（では、）おげんきで。
（那麼，）請保重。

考前衝刺

第七回

▶ 模擬試題

▶ 解答

▶ 考前1天
把這些重要的形容詞、接續詞、副詞
都記起來吧！

模擬試題

▶ **もんだい1**

ぶんの _____ の かんじは どう よみますか。
1・2・3・4から いちばん いい ものを ひとつ
えらびなさい。

( ) ①新しい ようふくですね。

    1. あたらしい   2. あだらしい

    3. あらたしい   4. あらだしい

( ) ②たんじょうびは 九月九日です。

    1. ここのか   2. くにち

    3. きゅうにち   4. ここのつ

( ) ③つくえの 下に ねこが います。

    1. うみ   2. じた

    3. うえ   4. した

( ) ④父は がいこくで 働いて います。

    1. はたらいて   2. めたらいて

    3. ひたらいて   4. くたらいて

( ) ⑤日本の 映画が 好きです。

    1. えがい   2. えいが

    3. えいか   4. えかい

（　　）⑥あのだいがくは　とても　有名です。

    1. ゆめい　　　　　　　　　　2. ようめい

    3. ゆうめい　　　　　　　　　4. よめい

（　　）⑦母は　うたが　上手です。

    1. へた　　　　　　　　　　　2. じょず

    3. へだ　　　　　　　　　　　4. じょうず

（　　）⑧世界で　いちばん　おおきい　くには　どこですか。

    1. しがい　　　　　　　　　　2. しかい

    3. せがい　　　　　　　　　　4. せかい

（　　）⑨シャワーを　浴びてから、かいしゃへ　いきます。

    1. あびて　　　　　　　　　　2. わびて

    3. さびて　　　　　　　　　　4. かびて

（　　）⑩赤い　ボタンを　押して　ください。

    1. かして　　　　　　　　　　2. れして

    3. おして　　　　　　　　　　4. はして

（　　）⑪タバコは　吸わないほうが　いいです。

    1. にわない　　　　　　　　　2. いわない

    3. かわない　　　　　　　　　4. すわない

（　　）⑫これから　にほんごの　授業です。

    1. じゅうぎょう　　　　　　　2. じゅぎょう

    3. さんぎょう　　　　　　　　4. じぎょう

▶**もんだい2**

ぶんの ＿＿＿＿ の かんじは どう よみますか。
1・2・3・4から いちばん いい ものを ひとつ
えらびなさい。

（　　　）①<u>そと</u>で はなしましょう。

     1. 代　　　　　　　　　2. 側

     3. 夘　　　　　　　　　4. 外

（　　　）②ちょっと <u>まって</u> ください。

     1. 等って　　　　　　　2. 待って

     3. 持って　　　　　　　4. 侍って

（　　　）③あの<u>デパート</u>に はいって みましょう。

     1. でぽおと　　　　　　2. だぱあと

     3. だぼおと　　　　　　4. でぱあと

（　　　）④<u>ちず</u>を かいて もらいます。

     1. 地理　　　　　　　　2. 地利

     3. 地表　　　　　　　　4. 地図

（　　　）⑤でんしゃに のって、東京駅で <u>おります</u>。

     1. 換ります　　　　　　2. 折ります

     3. 下ります　　　　　　4. 降ります

（　　　）⑥としょかんは　かようびから　にちようびまで　<u>あいて</u>
　　　　います。
　　　　　　1. 空いて　　　　　　　　　　2. 開いて
　　　　　　3. 明いて　　　　　　　　　　4. 啓いて

（　　　）⑦<u>長野</u>けんは　りんごで　ゆうめいです。
　　　　　　1. 市　　　　　　　　　　　　2. 県
　　　　　　3. 町　　　　　　　　　　　　4. 鎮

（　　　）⑧ねこが　<u>ミルク</u>を　のみました。
　　　　　　1. みるく　　　　　　　　　　2. まるく
　　　　　　3. めるく　　　　　　　　　　4. みろく

▶もんだい3
つぎの　ぶんの　＿＿＿の　ところに　なにを　いれます
か。1・2・3・4から　いちばん　いい　ものを　ひとつ　え
らびなさい。

（　　　）①うちの　ちかくに　コンビニが　＿＿＿、とても　べんりに
　　　　　なりました。
　　　　　　1. たおれて　　　　　　　　　2. やって
　　　　　　3. できて　　　　　　　　　　4. おいて

（　　　）②にほんごは　まだ　＿＿＿です。にほんの　しんぶんは
　　　　　ほとんど　読めません。
　　　　　　1. まずい　　　　　　　　　　2. へた
　　　　　　3. ひくい　　　　　　　　　　4. ふるい

（　　）③あのしんごうを　みぎに　＿＿＿＿＿　ゆうびんきょくが

あります。

1. まわると　　　　　　　　　　2. まがると

3. えらぶと　　　　　　　　　　4. こわすと

（　　）④メールは　まだ　＿＿＿＿＿して　いません。

1. レポート　　　　　　　　　　2. ノート

3. チェック　　　　　　　　　　4. ボタン

（　　）⑤Ａ「もう　いっぱい　いかがですか」

　　　　Ｂ「もう　おそいですから、＿＿＿＿＿」

1. そろそろ　しつれいします

2. すぐ　かえりなさい

3. かえりたいです

4. かえりたくないです

（　　）⑥＿＿＿＿＿を　ひいて　いるから、かいしゃを　やすみました。

1. けが　　　　　　　　　　　　2. かぜ

3. びょうき　　　　　　　　　　4. せん

（　　）⑦ひこうきが　そらを　＿＿＿＿＿　います。

1. はしって　　　　　　　　　　2. あるいて

3. とんで　　　　　　　　　　　4. さんぽして

（　　）⑧あそこで　タクシーに　＿＿＿＿＿。

1. のりました　　　　　　　　　2. あがりました

3. つきました　　　　　　　　　4. でかけました

（　　）⑨あのぼうしを ＿＿＿ いる　ひとは　だれですか。

　　　1. かけて　　　　　　　　2. かぶって

　　　3. きて　　　　　　　　　4. はいて

（　　）⑩このへやは ＿＿＿が　はいって　いて　あたたかいです。

　　　1. れいぼう　　　　　　　2. クーラー

　　　3. でんき　　　　　　　　4. だんぼう

▶もんだい4

　　　＿＿＿の　ぶんと　だいたい　おなじ　いみの　ぶんは
どれですか。1・2・3・4から　いちばん　いい　ものを
ひとつ　えらびなさい。

（　　）①わたしは　ふとい　えんぴつが　すきです。

　　　1. せまい　えんぴつは　すきでは　ありません。

　　　2. おもい　えんぴつは　すきでは　ありません。

　　　3. かるい　えんぴつは　すきでは　ありません。

　　　4. ほそい　えんぴつは　すきでは　ありません。

（　　）②ことしの　ふゆは　あまり　さむくないですね。

　　　1. ことしの　ふゆは　あついですね。

　　　2. ことしの　ふゆは　すずしいですね。

　　　3. ことしの　ふゆは　あたたかいですね。

　　　4. ことしの　ふゆは　つめたいですね。

(　　) ③マリア 「いって　きます」

    1. マリアさんは　これから　でかけます。

    2. マリアさんは　これから　しょくじします。

    3. マリアさんは　これから　ねます。

    4. マリアさんは　これから　べんきょうします。

(　　) ④だんだん　あたたかく　なりました。さくらの　はなも

    いっぱい　さいて　います。

    1. にほんの　はるです。

    2. にほんの　なつです。

    3. にほんの　あきです。

    4. にほんの　ふゆです。

(　　) ⑤なまえを　よびますから、ちょっと　ここで　まって

    いて　ください。

    1. このひとは　つくえに　すわります。

    2. このひとは　いすに　すわります。

    3. このひとは　まどに　すわります。

    4. このひとは　ほんだなに　すわります。

解答

▌もんだい 1

① 1	② 1	③ 4	④ 1	⑤ 2	⑥ 3
⑦ 4	⑧ 4	⑨ 1	⑩ 3	⑪ 4	⑫ 2

▌もんだい 2

① 4	② 2	③ 4	④ 4	⑤ 4	⑥ 2
⑦ 2	⑧ 1				

▌もんだい 3

① 3	② 2	③ 2	④ 3	⑤ 1	⑥ 2
⑦ 3	⑧ 1	⑨ 2	⑩ 4		

▌もんだい 4

① 4	② 3	③ 1	④ 1	⑤ 2

考前1天　把這些重要的**形容詞、接續詞、副詞、 副助詞**都記起來吧！

形容詞

◇ あかるい [明るい] 0 3 **イ形**
明亮的、開朗的

◇ あたたかい [暖かい] 4 **イ形**
溫暖的

◇ あたらしい [新しい] 4 **イ形** 新的

◇ あぶない [危ない] 0 3 **イ形**
危險的

◇ いろいろ [色々] 0 名 **ナ形**
各式各樣

◇ うるさい 3 **イ形** 吵雜的、囉嗦的

◇ きらい [嫌い] 0 名 **ナ形** 惹人厭

◇ すくない [少ない] 3 **イ形** 少的

◇ たいせつ [大切] 0 **ナ形** 重要

◇ ちいさい [小さい] 3 **イ形** 小的

◇ ちかい [近い] 2 **イ形** 近的

◇ つまらない 3 **イ形** 無趣的

◇ つよい [強い] 2 **イ形** 強的

◇ わるい [悪い] 2 **イ形** 不好的

接續詞

◆ しかし 2 **接續** 但是

◇ でも 1 **接續** 可是

◆ じゃ / じゃあ 1 / 1 **接續** 那麼

◆ そして 0 **接續** 而且

◆ それから 0 **接續** 然後

◆ それでは 3 **接續** 如果那樣、那麼

◆ では 1 **接續** 那麼

◆ ～ながら **接續** 一邊～一邊～

副詞・副助詞

◆ いったい [一体] 0 **副** 到底

◆ ずつ **副助** 各～

◆ だけ **副助** 只有

◆ だんだん [段々] 0 **副** （變化）
漸漸地

◆ ちかく [近く] 1 **副** 不久、快要

◆ など [等] **副助** ～等

◆ まだ [未だ] 1 **副** 尚未

國家圖書館出版品預行編目資料

還來得及！新日檢N5文字・語彙考前7天衝刺班 / 元氣日語編輯小組著
--初版--臺北市：瑞蘭國際,2012.10
144面；17 x 23公分 --（檢定攻略系列；23）
ISBN：978-986-5953-13-3（平裝）
1.日語 2.詞彙 3.能力測驗

803.189   101019202

檢定攻略系列 23

還來得及！

新日檢N5 文字 語彙
考前7天衝刺班

作者｜元氣日語編輯小組・責任編輯｜呂依臻

封面、版型設計、排版｜余佳憓
校對｜周羽恩、呂依臻、王愿琦、こんどうともこ・印務｜王彥萍

董事長｜張暖彗・社長｜王愿琦・總編輯｜こんどうともこ
副總編輯｜呂依臻・副主編｜葉仲芸・編輯｜周羽恩・美術編輯｜余佳憓
企畫部主任｜王彥萍・客服、網路行銷部主任｜楊米琪

出版社｜瑞蘭國際有限公司・地址｜台北市大安區安和路一段104號7樓之1
電話｜(02)2700-4625・傳真｜(02)2700-4622・訂購專線｜(02)2700-4625
劃撥帳號｜19914152 瑞蘭國際有限公司

總經銷｜聯合發行股份有限公司・電話｜(02)2917-8022、2917-8042
傳真｜(02)2915-6275、2915-7212・印刷｜禾耕彩色印刷有限公司
出版日期｜2012年10月初版1刷・定價｜150元・ISBN｜978-986-5953-13-3

瑞蘭國際

瑞蘭國際

瑞蘭國際